张觅 著

小园香径

小镇姑娘的草木时光

北方文艺出版社

·哈尔滨·

图书在版编目（CIP）数据

小园香径 / 张觅著. -- 哈尔滨：北方文艺出版社，
2022.6

ISBN 978-7-5317-5573-9

Ⅰ. ①小⋯ Ⅱ. ①张⋯ Ⅲ. ①散文集–中国–当代
Ⅳ. ①I267

中国版本图书馆 CIP 数据核字（2022）第 084334 号

小园香径
XIAOYUAN XIANGJING

作　者 / 张　觅
责任编辑 / 张贺然　　　　　　　　　装帧设计 / 云上雅集

出版发行 / 北方文艺出版社　　　　　　邮　编 / 150008
发行电话 / (0451)86825533　　　　　　经　销 / 新华书店
地　址 / 哈尔滨市南岗区宣庆小区 1 号楼　网　址 / www.bfwy.com

印　刷 / 长沙市精宏印务有限公司　　　开　本 / 880mm×1230mm　1/16
字　数 / 230 千　　　　　　　　　　　印　张 / 15
版　次 / 2022 年 6 月第 1 版　　　　　印　次 / 2022 年 6 月第 1 次印刷

书　号 / ISBN 978-7-5317-5573-9　　　定　价 / 98.00 元

沿草木馨香抵达故乡

· 肖云 ·

　　追怀故乡春秋，是作家张觅擅长的事，几年前的一本《光阴小镇》，不知成功勾起了多少人殷殷的思乡情。但勤于笔耕的张觅总是试图不断突破自己，于是又有了这本散发着馨香之气的《小园香径》。

　　张觅笔下的故乡，是城乡之外的第三种社会：一个时光缓流、不事张扬的湘北小镇。这里既没有波澜壮阔的历史，也无恢宏磅礴的胜景，却有着一份厚重的日常生活的力量，让人说不尽，道不完。所以，这一次返身回望，张觅依旧避开了宏大叙事，而是落脚于更细微之处：为故乡的草木立传留影。她在记忆中的一个个小空间（如，小书房、小庭院、小花园、小巷）中游走穿行，沿着飘飘悠悠的馨香，抵达如在梦寐的童年故乡。

当然，这种抵达不是单向度的回忆，而是过去与现在的交错、童年与成年的叠合。如果说连贯自然的时空衔接让作品愈加开阔，那么，相映成辉的人景交融则让作品愈加深刻。在书中，草木的开落荣枯与人情的聚散离合巧妙贴合，于是乎，读者能借作家的笔，从苦瓜感知家庭变故，从藠头体味生离死别；在书中，草木的精神与人的精神共振互通，于是乎，马齿苋与外婆交融了（《马齿苋：静静芬芳》）、三色堇与外公交融了（《三色堇：婉转戏台》）、韭菜与姑姑交融了（《韭菜：夜雨剪春韭》）、井栏边草与爸爸交融了（《井栏边草：野生的自由》）、牡荆与同桌慧交融了（《牡荆：温暖而坚强》）……更多的草木与年少时的"我"交融了，它们成为"我"生命里收藏快乐的宝盒和解锁遗憾的密钥，"我"在这些植物的花茎、叶脉、树根处清晰地看见了亲情、友情、乡情——也正是这样的巧思，让作家一直想表达的对童年的追念有因可循，对故乡的眷恋水到渠成。温和灵动的深情隐秘盛开，终在诗意纯洁的字里行间绽放。

倘若笔尖生花还只能体现作家的柔慧，那么，鼻尖生香恰恰彰显了作家的机敏。加斯东·巴什拉在《梦想的诗学》里有言："气味为我们提供正在扩张的童年的各种天地。"张觅写植物，自然也写过气味。在这本书里，她似乎格外重视对童年记忆中气味的书写，特别是对香气的细描：泡桐花闻起来有"微微的甜意"（《泡桐：淡紫色的梦幻》），新生的叶子是"青青嫩嫩的香气"（《冬青卫矛：画画小伙伴》），梅花香"清甜微酸"（《梅子：百梅书屋》），李子有一种"微酸醇厚的甜香味"

（《李子：黄香李子少女》）……这些文字虽然简短，却轻松地调动了读者的感官，香气变成一种神奇却可靠的力量，让童年记忆悠远绵长。

除了对嗅觉的调度，作家对童话的征用也令人眼前一亮。舒比格的《当世界年纪还小的时候》、安徒生的《豌豆上的公主》、霍夫曼的《胡桃夹子》……这些清澈而浪漫的经典故事让童话气息弥漫升腾，积极呼应着作家活泼天真的童年经验。

张觅出生于中医世家，由于精通药学，她的草木书写又多了些温厚的疗愈意义。在对文学、历史学、美学、植物学等多学科知识信手拈来的同时，作家似乎也为中医文化的赓传暗暗发力，所以书中集纳了不少药食同源的植物，作家在借物抒怀的同时，也不忘颇费周章地昭明草木药性。而那些我们司空见惯的草木菜蔬，如生姜、南瓜、芦荟、苹果，同样因为作家对其物性的耐心挖掘，有了更多元的价值和更温暖的魅力。

草木能承载大痛大喜，也能关怀小悲小欢。在《小园香径》中，张觅以故乡的草木为媒，试图讲好一个个跟童年有关的小故事。她表达得如此之好，以小见大，深情款款，充满智慧。更为难得的是，她笔下的小镇，并非回不去的故乡，而是随时可以抵达的家，那里草木犹在，馨香远溢，未来可期。

（肖云系湖南省文艺评论家协会会员，湖南师范大学博士生）

XIAOYUAN
XIANGJING

小园香径

小镇姑娘的草木时光

人生百味，
凡尘种种，
皆蕴含在草木芬芳间。

目录

泡桐：淡紫色的梦幻

对我来说，泡桐花意味着童年的记忆。小时候，院子里有一棵高大繁茂的泡桐树，开着淡紫色的泡桐花。

泡桐花不开则已，一开便是花满枝丫，密匝匝的淡紫色花朵挤在树枝上，却不觉热闹喧嚣，只觉素雅清静，浅浅含笑。泡桐花总有一种古意森森的味道，令人觉得心思沉静。

到如今，离开家乡小城很久了。一闭眼，仿佛走过现在已经关门的老书店，经过种满香樟树和悬铃木的街道，穿越喧闹的车流，再沿着一条寂静狭窄的清灰色小巷，就到了四四方方的小庭院里。小庭院里晾晒着色彩缤纷的床单和衣物，角落里种着晚饭花与长春花。泡桐树就在小庭院将近中心的位置。树下，撒落了满地淡紫色的柔软花朵。

小庭院里那棵泡桐树有些年岁了，树干一人合抱。四月里泡桐树上便开满了花。泡桐开花是很丰盈的，枝丫上挤满了一串串的淡紫色花朵，远看像是淡色小葡萄一般。捡起一枚泡桐花细看，花型却有点像喇叭花，花上有着细密的竖行纹路。花朵有五枚花瓣，却不是一样长短，而是有两瓣稍短，三瓣稍长。花瓣的紫色也很清淡，有着由白向紫的渐变色，不像紫竹梅那么浓烈。

小女孩儿都喜欢捡那些泡桐花，可以找妈妈用针把泡桐花穿成一串儿拿在手里玩。泡桐花蒂里有时还会沁出汁水，应该就是它的花蜜。我是不敢去尝的，但凑近了闻，是一缕甜得有点发腻的香气。把泡桐花捡回来洗净，再带回书房里，放在书柜旁边，便如笼罩了一个淡紫色的梦境。每种淡紫色的花都像一个梦。比如泡桐花，比如紫藤花，又如紫竹梅。

当时这个小庭院里住着很多年龄相近的小孩儿。我住在三楼，在小书房里，一开窗便能看到泡桐花。窗下读书，一抬头便是满眼淡紫色的梦幻。

我们一楼住着一个跟我一样大的女孩儿，女孩儿十分勤奋，晚上书房里总是亮着灯光。小学时放学早，我就在楼下庭院捡泡桐花玩，又去隔壁小花园里摘香樟叶做书签，一直玩到夕阳西下，披着一身黄昏的光晕跑回来的时候，她早已坐在窗前写作业了。

当时的老师布置作业很少，而我素来做作业又很快，因此就有了很多自由玩耍和自在阅读的时光。现在想来，也真感谢老师，没让我们被作业所束缚住。

其实想想，年少时我还是挺幸运的。那时我有一个独立的小书房，书房下是小庭院，隔壁有个小花园，听得到鸟鸣，闻得到花香，酝酿着无数美好的幻想。这些花香草气所带来的温柔与力量，足以让我对抗长大后的所有寒冷与琐碎。

泡桐花的香气不似栀子花馥郁，隔得远了，更是似有似无，但是细细闻了，只觉有微微的甜意，心中宁静安逸。尤其在有月亮的晚上，泡桐花的香气揉进了月光，自窗口如丝缎般飘了进来，让人不由得静静想起很多美好的事情。"微月照桐花，月微花漠漠。怨澹不胜情，低回拂帘幕。"

淡紫色的花儿，别有一缕神秘忧郁的美。而泡桐花跟同为紫色系花儿的紫藤花的美又是不一样的。泡桐花有一种历经沧桑、久别重逢的感觉，把一枚泡桐花放在手心里，总觉得它经历了很多的故事，有满腹的心事。而紫藤花是青春的花朵，总是欢欢喜喜的，它若是有梦，也是少女天真无忧的梦。

那时总在遐想，等我长大了，长成了亭亭玉立的女子，去过很多很远的地方，经历了很多的事情，然后再回到这个庭院里，回到淡紫色的泡桐花下，会是什么样的感觉呢？"别来沧海事，语罢暮天钟。"

但是等我真的长大了，真的去过很多地方看风景，再回来时，小庭院里依然晾晒着色彩缤纷的床单和衣物，但泡桐树已经被砍掉了。

站在庭院里，很是惘然了一阵儿，好像失去了一个很好的朋友。

如今居住的小区也是有栽种泡桐树的，但那是几株白花泡桐，白得有点憔悴，远不及紫花泡桐美丽且亲切。

那春天里的一树繁花，满院淡紫色的梦幻，永远留存在了记忆之中。

河边的大垂柳，浸在黄昏的光影之中，有几分朦胧的美感。但它的美，跟后来在茶湖潭见到的垂柳之美很不一样。

柳树：新泉的秘密

看柳树最惬意的季节是在早春二月，料峭春寒，小雨淅淅沥沥。在雨水之中，仿佛有什么在生长，在绽放，在无限舒展。

就是在这个时节，柳枝渐渐泛青，那种青是如同五六岁的孩童一般，不管不顾地在春风中恣意飞扬着，真是青得直逼人的眼，让每一个看到的人都禁不住高兴起来。牛毛细雨密密织在柳枝之上，如涌起淡淡烟雾。真是烟柳了。

柳树又叫杨柳，常见的有垂柳、旱柳等。在我现在工作的湖南中医药大学药植园环新月湖长廊一带，种植着一圈儿旱柳。而长廊下的水中，则对应着种了一圈儿水柳。旱柳是柳树的一种，生得没有垂柳婀娜，但自有一番清刚之气。水柳则是千屈菜科植物，和杨柳科柳属的柳树并没有亲缘关系。

在母校中南大学新校区玉带河畔，也种有一排垂柳。玉带河的水无风时如同凝固的玉，风起时蛋青色的水波轻轻漾起，如小姑娘清浅的笑靥。柳枝依依，迎风婆娑，玉带河更显得风姿飘逸，丰神俊朗。走近了细看，柳叶修长如美人细眉，青春洋溢得很。

对于垂柳，一直都有个很温柔的印象。记得在故乡小城读初一的时候，跟妈妈回她的老家岭北镇茶湖潭乡。茶湖潭这个名字，真如旧时月色般的美好呀！

潇湘水乡，人家皆依河道两旁而修，木质的吊脚楼为多，楼下是各种小铺面，楼上则是住着人家。小桥流水，时常听到"吱呀吱呀"的摇橹声。河边伸出木质跳板，有身材窈窕的女子在低头洗衣，身畔放着木桶木盆。

这里垂柳极多，远看染碧烟绿，近看则一叶儿一叶儿都柔嫩细致，浸在水中，少女的柔丝般飘逸如云，映得碧清的水中都氤氲着青郁的绿意，映得十二岁的小女孩眼中都氤氲了青郁的绿意。

长大后，我曾经去不少古城小镇旅游，但记忆中茶湖潭垂柳碧水之美，很难有地方比拟得上。而她却又是如此默默无闻，依然是属于小城人们独享的美丽，小城深藏着的少有人知的美丽。

其实，更早关于垂柳的记忆是在幼时的新泉小镇。湘阴小城有十几个乡镇，不少名字也都很好听，如，新泉镇、樟树镇、南湖洲镇、鹤龙湖镇，等等，都是有着草木和水泽意味的名字。五岁之前，我就跟着父母住在新泉小镇。新泉镇的名字就很美，像新鲜涌出的泉水。

那时我们是住在河边一个大院里，大院里有很多小孩子，经常会一起玩儿，院子里都是稚嫩而快活的笑声。大院外就是一条小河，河边有一棵垂柳，垂柳下有个人家。垂柳很高大，枝叶几乎覆盖了那个小小的屋子。垂柳长长的枝条，也垂在河水之上，风吹来，枝条拂动，便一圈一圈地漫开涟漪……

小孩子对水有着天然的亲近感。夏天落日熔金，大人们都回来了，就准许一群小孩子跑出来到河里游泳。我自然也是。

有些年龄大点儿的男孩水性很好，游得非常娴熟，下了河便如同一条条小鱼一般活蹦乱跳地散开，接着扑腾起雪白水花。有的男孩一个猛子扎下去，半天才在河那边露出湿漉漉的头来；有的男孩就仰躺在河水的浮光跃金之上，只是随水而动，任凭太阳把身上晒黑。

我那时不过四五岁，就和同龄的小伙伴们一起在浅水区玩，不敢去深水区。浸在水里的感觉特别奇妙，有一种想向河水的更深处溯游的感觉，似乎水的深处有一种神秘的蛊惑力。但我只要游远一点儿，势必是会被大人拎回来的。只能羡慕地看着远处游得如鱼得水的男孩们。

现在想来，小小的我对水的眷念，大概是因为人类基因中对水的记忆，毕竟人类的祖先就是从海洋中而来。

河边的大垂柳，浸在黄昏的光影之中，有几分朦胧的美感。但它的美，跟后来在茶湖潭见到的垂柳之美很不一样。上了年纪的垂柳就有一些神秘感和沧桑感了，映得河水之中都是沉沉的碧色，不再像纤细秀美的少女，而像是历经岁月的老婆婆，皱纹里都是满满的故事。它和身边的大人们一样，仿佛在注视着，保护着我们这一群在水里嬉闹玩乐、尚不知人间悲苦的孩子们。

不知道是不是柳树在暗中护持，我们这一群小孩子，即使是最顽皮的男孩，都平平安安地度过了在水里玩耍的童年岁月。

成年后，我还经常梦见那条小河以及河边的垂柳，梦见漆黑的夜里我独自一人游过河流去寻找着什么。河水冰冷，而我却心中安宁。醒来时，总涌起很奇妙的感觉，一种温柔而又悲伤的感觉。我也不知道，为什么会有这种感觉。

五岁时我跟父母从新泉小镇搬到了文星小镇，文星镇是城镇，我也算是正式进入县城了。我们上了船，听到汽笛悠悠而起。船微微晃了晃，便开始航行了。我牵着母亲的手站在船头。看着一切都远了，小了，朦胧了，仿佛淡入了水雾之中……大柳树、大院子，还有一群神秘的小伙伴。

是的，当年的小伙伴，除了跟我玩得最好、年龄相近的明玉之外，我一个都不记得了。他们的面容对我来说，成为被时光掩藏的秘密。我只记得我们夏日在河里快乐游泳的日子，还有河边那棵满怀慈悲地注视着我们的大垂柳。

梓树：树下的童年

　　童年时，我所居住的是那种由青灰色宿舍楼组成的小庭院，跟北京的四合院有某种相似，只是三面都是宿舍楼，另一面则是父亲单位所在的办公楼。我五岁从新泉镇搬到文星镇，初来小庭院时，院子里除了种着泡桐树外，还种着另一棵大树。当时并不认识那是什么树，后来长大一点儿后在小城东湖畔认识了梓树，感觉那棵大树应该是梓树了。

　　只是这棵梓树过了几年就被伐倒了，办公楼也被拆掉。小院范围被缩小，让位给新建起来的商场，只留下了泡桐树亭亭立在院中。过了一些年，泡桐树也被砍掉了，庭院变得光秃秃了。

　　记忆中，梓树很有些年岁了，有好几层楼房那么高，绿荫遮蔽了整个小院。我对梓树的印象不是很深，但对树下玩耍的童年印象却是太深了，那里曾有过我和小伙伴们多少愉快的记忆呀！

　　庭院里除了梓树和泡桐，还种有长春花、晚饭花，以及谁也没有种但自己顽强冒出来的构树和别的杂草小花。院子里有人在树身上拉绳子晾衣服，青白红紫，颜色鲜亮，平添了不少明丽色彩。有人在院里养着一群鸡鸭。小孩子向来淘气，自然觉得鸡飞狗跳。记得邻居家的小男孩硬是把一只大公鸡撵到了二楼逼它飞，大公鸡退无可退，一拍翅膀，居然真的扑棱扑棱地飞下楼来，把我们都惊到了。

庭院里有草木，也就有了很多小昆虫，见得多的就是色彩鲜明的瓢虫，在童话书上看过"花大姐"，画得非常精致，还以为是扣子大小，结果看到真正的瓢虫，才发现原来这么小，还不如小婴儿的指头大。这么小小的一粒红豆般的小昆虫，在新鲜翠绿的叶子上爬着，绿中一点红，很是亮眼。

瓢虫的背上有点点黑星。儿童科普图书上有说七星瓢虫是益虫，二十八星瓢虫是害虫，于是，还真的睁大眼睛，摒住呼吸，一颗一颗去数瓢虫上的星星。瓢虫太小了，根本无从抓起，看着它在叶子上爬，数它背上的星星也成为我们的乐趣。

我和小伙伴香儿在庭院里一起捉过蝴蝶、捉过蜻蜓，也捉过豆娘。那时我们还不认识豆娘，见它和蜻蜓长得很像，以为它是某种小蜻蜓。它们有着很纤柔的身段，飞起来像是在空中蹀躞的少女。

捉这些美丽的小精灵，香儿比我要厉害。我总不忍心下手，见豆娘毫不设防地在花间叶上游戏，或是在微风里款款而飞，就能呆呆地看半天。等它们盈盈停驻了，我再小心翼翼地伸出手来，去缓缓靠近那冰片一般轻薄透明的翅膀，然后轻轻挟住，感受它微微的颤动与挣扎，再轻轻放手让它飞走。捉住这轻巧的豆娘，总有怦然心动之感，仿佛捉住了一枚小小的幸福。与后来青春里最初的心动有着某种相似。无限靠近并真实接触到人间美好，却又很快失去。

在所有捉到的小生灵里，豆娘是最娇弱也最叫人心疼的。在小女孩洁白纤长的手指间，豆娘好像含着泪一般委屈。这弱小的生命，仿佛保护不了它自己，而且它的确也很容易受伤，有一只豆娘就在香儿手里折断了尾翼。后来每次看到香儿捉到豆娘，我就赶紧要她放走。蝴蝶和蜻蜓也不能捉久了，有的蝴蝶气性很大，拼命挣扎，容易把五彩的翅膀弄碎。我们捉这些小生灵，只是想和它们亲近，并不想伤它们。

邻居家的小男孩喜欢捉的是天牛。他经常拿出他抓到的天牛给我看，还炫耀说："看，多可爱。"那天牛黑黑扁扁的，背上还有白点儿，六只纤细足，触须长长的，还不停地抖来抖去。我实在看不出哪里可爱了。他说天牛脚上有吸盘，放在手上感觉就被吸住了，特别好玩，怂恿我也抓天牛玩一下。我被他说得也心动了，就伸出手，让他把天牛放我手背上。

大概是他和天牛已经玩得熟了吧，他并没有在天牛身上牵什么线，天牛也不飞走，乖乖地在他掌心待着。他小心翼翼地把天牛往我手背上轻轻一放，好像在放什么珍宝一般。那天牛长长的触须抖动着，我看着心里毛毛的，又害怕起来。那六只纤足刚刚接触到我的手背，我就忍不住全身一颤，天牛一没站稳，就掉落在地，他赶紧去捡，好在他的宝贝天牛并无大碍。他一脸悲愤地说我吓着了他的天牛，并决定再也不跟我分享他的天牛了。我自然求之不得，赶紧跑开，又和香儿一起捉蝴蝶去了。

现在想来真是好玩儿。香儿已经去了远方的城市，再无联系。小男孩如今已经在故乡小城结婚，也生了个男孩儿。等过得几年，也是可以满地跑着捉虫子了。

那棵已经被记忆遗忘了的梓树，就曾摇曳着满身清凉的绿意，含笑俯视着我们童年里这一切的欢乐，然后无声无息地消逝在岁月中。

仙人掌：铁汉柔情

仙人掌是沙漠植物，但好像也有生长在海边的。歌曲《外婆的澎湖湾》里就唱道："外婆的澎湖湾，有我许多的童年幻想，阳光、沙滩、海浪、仙人掌，还有一位老船长……"一直觉得，这首歌超有画面感，仙人掌也成为某种心灵故园的象征。

对我来说，仙人掌也是亲切的。少年时，窗台上曾有一盆仙人掌。但由于忙于学习和玩耍，平日里并没有太管过它，任它自生自灭。

有一天清晨，想站在窗前看看楼下的小花园，低头一看，忽然看见仙人掌开花了。直接从肥厚的绿色肉茎上开的花，还是重瓣的花！一时被惊艳住了！花的颜色是那种柠檬黄，特别鲜艳，像是春日清晓的阳光照在新换的软窗纱上。而花型也是轻俏柔美，层层叠叠地铺展开来，繁复却优美，如同一个渺远的梦境一般。痴迷地看了半天，心儿都在怦怦跳动。

一直以来，对绝美的花都没有抵抗力。而仙人掌这样粗糙的植物，居然可以开出这么璀璨的花，如明珠一般熠熠，真是让人想不到。铁汉柔情，冷色暖意，最是令人怦然心动。

它是怎样开出花来的呢？我没有理过它，它寂寞吗？我在小花园看别的小花，它委屈吗？它会举着它针状的小刺悄悄哭泣吗？它从来不说话，只是默默地积攒开花的能量。直到这一天，忽然惊艳了我。那么笨拙厚重的肉茎，竟然能长出那么灵俏轻盈的花。

很快，仙人掌又开出了第二朵柠檬黄色的小花。我在花前徘徊良久，到底没有忍住，这美丽的小花对小女孩的诱惑实在是太大了。我轻轻伸出手去，小心摘下了一朵。它显然是生气的，我幼嫩的手指上留下了它好几根刺，它的刺又尖又细，好半天才挑了出来，痛得我啪嗒啪嗒掉了好几滴泪。

不过这是值得的。那柠檬黄色的仙人掌花儿在我手中灼灼照耀，便如公主的王冠一样。我入迷地看着它，心里涌起说不清的幸福之感。觉得好像自己拥有了整个世界，那是种异常满足和心安的感觉。

在多年以后，到了大学里，有喜欢的男孩子对我表白，我当时心里涌起的那种惊喜、温暖与满足的感觉，竟和年少时拥有仙人掌花的感觉是一样的。

隔壁邻居的小女孩发了腮腺炎，她妈妈来我家，向我妈妈讨要了仙人掌的两片肥厚的茎瓣。我悄悄地心疼它，然后忽然涌起了一个模糊的印象：更小的时候，我也发过腮腺炎，父母也是不知道从哪里弄来仙人掌的茎瓣，将它切开，去掉皮刺，敷在我的脸上，只觉一阵清凉。过了几天，腮腺炎便消退了。原来仙人掌是可以治疗幼儿的腮腺炎的，可以起到清热解毒、消肿止痛的作用。

我越来越喜欢仙人掌了，经常去阳台看它。但是不知道是不是我摘了它的花，它生了我的气，此后就很少开花了。后来长大了，掌握了一些植物学知识，才知道，仙人掌并不是喜欢开花的植物，有的仙人掌养了二十多年也未必开花，有的开了花但是花期很短，不到一天的时间就会凋谢。那么，少女时代的我，趁着它花开正好的时候摘下它，也并不是坏事，"花开堪折直须折，莫待无花空折枝。"人生的很多事情，又何尝不是如此呢？一旦错过就不再。

到了长沙读大学之后，很喜欢吃火龙果。那是一种鲜艳的水果，紫红色，像是一团火球。剖开来是莹白色的果肉，奶油一般，均匀镶嵌着黑芝麻一样的小种子。做果盘，火龙果必不可少；吃水果沙拉时，也会看到它。它的果肉口感甜蜜丰盈，而小种子也是可以吃的，像芝麻一样脆而香。

后来才知道，火龙果也是仙人掌科，就是仙人掌的亲戚。仙人掌也是可以结出仙人掌果的，只是和开花一样，仙人掌结果也是少见的。果子的外形和火龙果很有点相似，像是微型萌版的火龙果，不过口感则远逊了。

仙人掌科植物中有一种霸王花，花是可以摘下用来做老火靓汤的，甜滑芳香，可清心润肺。昙花也是仙人掌科。昙花一现，倾国倾城。这么美丽的花，原来出身于这么倔强坚韧的家族啊！

听说还有一种叫作白云般若的仙人掌科植物，开着白色的美丽花朵，看着就觉得满目清凉。名字真是袅袅禅意。平时是粗糙斑驳的外表，竟然能开出这样绝俗的花朵。自然界真是奇妙。

芭蕉叶子宽大光滑，的确也是可以用来书写的。唐代书法家怀素在少年时练书法，买不起宣纸，曾经把芭蕉叶当作宣纸，日夜勤修苦练，后来终成一代大家。

芭蕉：雨打芭蕉

"小城故事多，充满喜和乐。若是你到小城来，收获特别多……"偶尔想起我的故乡，觉得这座湘北小城若是拟人，也应是一个恬静温柔的美人吧，明眸似水绿鬓如云，她自湘江边缓缓行来，怀里抱着一大捧馥郁清香的栀子。

她穿着香樟叶和悬铃木叶织成的绿裙，耳环的坠子是两朵象牙白的含笑。一把芭蕉叶做成的小扇子，斜斜插在她的绿鬓旁。是的，小城里芭蕉不少呢。隔壁的小花园里，就种着几丛飒飒的芭蕉。

下雨时，如果几个小女孩正好在小花园里玩，大家便会各自扯过一片芭蕉叶遮到头上，小鹿般迅捷地跑回家去。细雨淅淅沥沥地打在芭蕉叶上，只觉声音清脆又清凉宜人。记忆中，芭蕉叶似乎还散发出类似于西瓜一般清凉的香气。我很爱芭蕉的清香之气。

没有见过小花园里芭蕉的果子，大概那时它还小，因为那芭蕉都没有一人高呢。不过，听妈妈说外婆从前在茶湖潭的药圃里，也是种有芭蕉的。芭蕉结出的果子跟香蕉很像，但比较涩，远不如香蕉好吃。

芭蕉可以高达三到四米，"扶疏似树，质则非木，高舒垂荫"。不过故乡小城小花园里的芭蕉都偏小，都只有一两米高，怯怯弱弱的。后来到了长沙，见岳麓山上的芭蕉长得就很高大。不过，平日里在现在居住的小区里看到的芭蕉也不过两三尺高而已，高的仍不多见。

芭蕉和竹子一样，都是带有书卷气和清凉意的碧绿植物，而芭蕉叶鲜绿爽脆，宽大肥厚，比之竹子的冷意森森、郊寒岛瘦，芭蕉更多一份亲和。而芭蕉和竹子也经常种在一起。如今在长沙，常去附近的南郊公园，公园的竹苑旁便是郁郁芭蕉。可谓是"双清"了。

古代园林建筑中，必有几丛芭蕉在庭院当中。《园治》就推崇"半窗碧隐蕉桐"。后来，我在苏州拙政园就曾见过不少芭蕉庭院，绮窗、粉墙、绿蕉，本身就是一首小诗。歌咏芭蕉的相关诗词的确也有不少。《红楼梦》中宝玉题诗，有"绿蜡春犹卷"之句，便是化用唐代诗人钱珝的《未展芭蕉》："冷烛无烟绿蜡干，芳心犹卷怯春寒。一缄书札藏何事，会被东风暗拆看。"

芭蕉叶子宽大光滑，的确也是可以用来书写的，唐代书法家怀素在少年时练书法，买不起宣纸，曾经把芭蕉叶当作宣纸，日夜勤修苦练，后来终成一代大家。"书成蕉叶文犹绿"，芭蕉便自带书卷气了。清代李渔也曾道："竹可镌诗，蕉可作字，皆文士近身之简牍。"芭蕉叶纤维为芭蕉布的原料，也是一种造纸原料。

年少时爱读《红楼梦》，《红楼梦》中的花语诗韵仿佛也融进我年少的梦境之中。红楼的大观园里也种着不少芭蕉。潇湘馆里，后院有大株梨花和芭蕉，又有两间小小的退步，院墙根有隙，流入清水，绕至前院，盘旋竹下而出。怡红院院中点衬几块山石，一边种着数根芭蕉；那一边乃是一棵西府海棠，其势若伞，绿垂碧缕，葩吐丹砂。探春也因爱秋爽斋那丛芭蕉，于是就自号"蕉下客"。众人都道新奇有趣。有一次宝钗独自行来，到怡红院找宝玉，意欲谈讲以解午倦。不想一入院来，鸦雀无声，一并连两只仙鹤都在芭蕉下睡着了。

小女孩合上厚厚的书本，托腮想象那个画面，觉得真是美得不带凡尘气，向往之极。又想着自己也曾把芭蕉顶在头上，岂不也是"蕉下客"了。

长大后，又读了不少明清女性诗词，才知道《红楼梦》中灵气四溢的才女们正是当时女性文学繁荣的反映。清代江南的蕉园诗社，便是当时出色的才女诗社。她们"月必数会，会必拈韵分题，吟咏至夕。人订金兰，家饶雪絮，联吟卷帙，日益月增。"蕉园诗社的前五子和后七子都是黛玉一样的才女，诗文有林下风，无脂粉气，一派名士风范。《红楼梦》中的诗社，即是脱胎于此。

蕉园五子中有才女林以宁，博闻强记，才华横溢，却又多愁善感，体弱多病，也曾写过葬花诗："只恐芳华零落尽，收将余泽在香奁。"因此也有人推测说她是红楼中黛玉的原型之一。但林以宁家庭和睦，夫妻恩爱，她也得享高寿，比黛玉幸福得多了。

原来，芭蕉和枇杷一样，都曾是才女的象征。不过，小时候是不知道这些的，只想着以后自己要是有个小园子，一定得种上芭蕉，等雨来之时，便和童年时一样摘下芭蕉叶顶在头上，听雨打芭蕉，玲珑有声。

紫云英：乡野的怀抱

升初中之后，学校离家挺远，于是天天骑着自行车去上课。那时才十二岁，小小的一个人，骑着一辆小小的自行车，自然还是有危险。在路上我就被摩托车撞过两次。幸好只是磕破了膝盖，流了点血，也顾不上矫情，看看时间，爬了起来赶紧继续骑行。

学校是一所新成立的实验中学，在比较偏远的郊外，学校的对面就是大片碧青的农田。小学时我是沉醉在楼下的小花园里，而初中时我则是游荡在学校对面的农田里。这也给了在县城里难以接触乡村生活的我一个又一个亲近乡野、熟悉大自然的契机。

在初中读书的时候，我仿佛就是住在田间陌上一般。放学后，我把自行车锁了，斜斜放在田垄上，小小的身影就融入黄昏中的田野之中，仿佛就自自然然地成为乡野的女儿，迷醉在这诗一般的田园里。

那青得崭齐的水田棋盘一般躺在湿润松软的土壤之上，就像一块一块薄薄平滑的凉皮粉清秀地摆于莹润的玉盘之上。绿色的农作物，一直蔓延到被夕阳染成缤纷颜色的天边。风吹绿浪，层层漾向远方，太美了。那时我还认不全这些农作物，只认识油菜花、紫云英，还有田垄上的田字草、蒲公英。

后来看书，说吴越王钱镠思念他回娘家探亲的妻子戴王妃，写信给她，委婉地催她回来："陌上花开，可缓缓归矣。"他知道那田垄之上，有着无数清美秀丽的小草花，那么，不用急着回来，一路欣赏田间风景，缓缓归来吧。

那时的我，心里浮现的感觉，大概也就是陌上花开缓缓归吧。虽然当时我并不知道这封温柔的信，和这句美丽的话。

走在田间小径上，我的灵魂里浮泛着不可言说的喜悦之情，看着一簇一簇的农家屋舍，陌上花儿一般的温柔沉默。屋舍前的木栅栏上缠着金黄的丝瓜花和南瓜花，也有淡紫的扁豆花。

清清的渠水旁摇曳着蓝色的小花，花瓣娇嫩得犹如女孩的脸颊，颜色是那种大海的深沉。当时并不认识那种小花，于是我一厢情愿地认为那就是勿忘我。伸足在盈盈一碧的渠水中扑腾，凉意滑过足背，水花晶莹莹的，小腿似乎都染成了绿色。

有时我会仰面躺在田垄之上，身边是摇曳的紫云英。我像是躺在一片紫色的云霞之畔，身畔淡香浮动，身体顿觉轻盈，仿佛飘在云端一般，人有些恍惚和迷蒙。紫云英很招蜜蜂，因此耳边时常传来蜜蜂飞舞的嗡嗡之声。不过只要一动不动，蜜蜂也不会乱蜇人。我经常一躺下去就忘了时间。

我静静看着天空，好像在想着什么事儿，又好像什么事儿也没想，任凭思绪在天地之间乱飞。天空被西方的夕阳涂抹成了瑰艳之极的童话般的颜色，而身边，浮动着的是馥郁的草木气息。

这种气息，跟我家楼下的小花园的还不一样，小花园里多是清新甜美的香味，而田野之上的草木气息，有着泥土亲切的包容，有着渠水清凉的水汽，它们更像是来自大地的更深沉之处，来自人类灵魂未曾了解的地方。

唐代诗人李白曾有《独坐敬亭山》："众鸟高飞尽，孤云独去闲。相看两不厌，只有敬亭山。"诗人是孤独的，他的梦想始终没有能够实现。而作为天才诗人，当世又有几人能真正懂他？但他又不是孤独的，大自然敞开怀抱接纳了他，他的精神在这宇宙之间自由来去，敬亭山深深懂得他。

当时我虽然读过这首诗，但尚读不懂其中的深意。不过，徜徉在田野之间，虽然无人在身畔陪伴，我也并不感到孤独，心里满盈盈的。这天空、云影、紫云英、田字草都是懂得我的，而我也懂得它们。小女孩独自躺在众多草木之中，亮着一双童稚的眼眸，遥遥地看向西方的天空，仿佛她是植物之心。

直到鸽灰暮色潮水般温柔涌来，我才如梦初醒一般爬了起来，从田垄旁扶起自行车，赶紧骑了车回去。一路上见华灯初上，汽车排着长长的队伍，灯光如同珠链一般，很美。

真是顶快活的日子，那个时候，我还是活泼爱笑的小女孩，尚未有后来眉目温静的样子。我以全校第一名的成绩考入初中，学习优秀，作文又得老师喜欢，经常夸赞，外班的同学也跑来借我作文看。父母尚未离婚，家庭也还维持着表面上的安宁，尚未有"山雨欲来风满楼"之感，虽然已经摇摇欲坠。每天放学后我就独自去田间陌上会我的草木朋友，如此逍遥自在、无拘无束，恍若庄子笔下吸风饮露、御风而行的姑射真人。直到中考考上一中，一中在县城里，我的田园生活才彻底结束了。

中学时的同学，除了要好的那几个，很多我都不记得名字，也不记得面容了，更不记得我们之间发生过的很多细节或者故事。因此同学聚会我一般不参加，怕会冷场，会尴尬。可是那些相处过的植物，却是记得非常清晰，仿佛它们才是我生命里最重要的朋友。有时候，自己也觉得命运实在厚待于我。如果小学时楼下没有小花园，如果初中时没有在田野之旁度过，如果家附近没有湘江和东湖旁的茂盛草木，漫漫人生路，我用什么来治愈自己呢？人心有时不可直视，植物之心却可以永远以赤子之心相待。

高考过后，我在长沙读书，后来便工作，在长沙定居了。一晃很多年过去了。有一日，在湘江边散步，忽然看到了紫云英熟悉的小小花影。紫云英并不多，零星几朵伞状小花在风中摇曳，不觉就摇曳出童年的记忆来。后来在商店里又看到有紫云英蜜卖，才知道它也是优良的蜜源植物，原来那美貌的小草花还有一颗温软甜美之心。怪不得小时候见到那么多蜜蜂围着紫云英转呢。

我一直以为，花蜜是花的魂魄，是不死的精魂。便如书是作者的灵魂一般。即使作者肉身已逝，作者的灵魂依然依附于书上，跨越时空与读者对话。因此我对所有可以酿蜜的花都保有一份尊重，正如我对所有以文写心的人保持一份尊重一样。

如今我并不以文为生，却依然热爱写作。写作是我生命自我完成的方式。这个世界，我来过、爱过、写过，便已足够。

有一次，舅舅跟妈妈聊天，说自己的儿子到了叛逆期，妈妈随即说曾经的我也有叛逆期，我感到很惊讶，我从小到大都是乖乖女，哪有离经叛道过？妈妈就说我上初中的时候，经常晚上七八点才回来，玩得都不记得时间了。

我一想还真是，那个时间，正是在乡野的怀抱里徜徉，迷醉不知归路的时候。

紫竹梅叶子的紫色是一种很浓厚的深紫色，仿佛沉淀了许多梦一般。叶子都像是朵花。其实也许是因为这个原因，它又叫作紫叶草了。

紫竹梅：自己的梦独自做着

　　小城的阳台上，种养比较多的花草应该是紫竹梅了。我家和外婆家都有种。

　　紫竹梅全株上下，连茎和叶子都是紫色的，我小时候总以为它是紫罗兰，认为只有这个名字才配得上它。长大后发现它原来不是紫罗兰，而是叫紫竹梅，觉得也很好听。紫竹梅叶子的紫色是一种很浓厚的深紫色，仿佛沉淀了许多梦一般。叶子都像是朵花。其实也许是因为这个原因，它又叫作紫叶草了。

　　紫竹梅根部新发出的小芽是绿色的，长大后就变成梦幻的深紫色。叶子形如竹叶，叶片很脆，折断时会散发出类似于竹子的清气，因此它名字里有个"竹"字。从深紫色厚叶深处，伸出一小朵淡紫色的花，淡紫色的花相对于深紫色叶子来说，颜色显得更为新鲜、轻柔而温和，沉静的气质很像梅花。不过它的花是三瓣的，因此看上去像朵小巧的三角梅，花蕊嫩白色，顶端则是金灿灿的，衬着淡紫色的花瓣分外瑰艳。

　　紫竹梅还有一个名字叫作紫露草，这个则有点美得不食人间烟火气了。不过紫竹梅也的确是一种安静的植物，它生命力很强，不用多照拂，就能自顾自地生长着，美丽着，独自做着自己的梦。外面发生什么，那不是它关心的。连风都吹不动它——紫色的厚叶片把花朵保护得严严实实。

外婆家小巷里的小屋子几乎都是瓦屋。小城春季多雨。下起雨来，便檐牙滴水，淅淅沥沥。夜晚，天空黑如水墨，细雨裹着凉意而来，洒在阳台的紫竹梅、太阳花、长春花之上。

现在想来，其实那时小城的春夜，是静而且美，湿漉漉的风里都是芳馥的气息。可年幼的我在外婆家听着这冷雨敲窗之声，小小的心灵里只觉得惆怅莫名，仿佛宇宙的孤寂悄悄地浮泛到了灵魂之上。小时候我是很容易开心的一个人，却时不时就开始忧伤，自己也不明白为什么。大概就是曹丕所说的："高山有崖，林木有枝。忧来无方，人莫之知。"总是有一些说不清道不明的，来自于生命深处的那种隐痛，让人暗自悲哀。

不过，正是童年遇到的这些如紫竹梅一般清雅恬静的花，让我看到便满心欢喜满目清新，对于任何事情都抱着明亮的期待，即使有忧伤也会很快被冲淡，冲成淡若烟雾的惆怅。

八九岁的时候，有一天傍晚，天色阴霾，乌云满天，沉沉的如灌了墨一般。我站在窗边，看着楼下的小花园，看着植物枝叶被吹得簌簌发抖，自己也觉得冷起来。

忽然，不知道从哪里飞来一群黑色的蝙蝠，向着小花园旋风般地卷来，我还没有反应过来，一只蝙蝠如同闪电般，冲进了窗户，冲进了屋子，并在屋子里飞速盘旋了几圈，黑色的翅膀卷起的小幅风浪，差点掠到我的脸上。

大概平生最怕的动物就是蝙蝠与蛇了，我全身发冷发软，竟坐倒在地，看着这蝙蝠，脑中一片空白，说不出话来，更喊不出来。那时正在看欧洲的一些哥特童话，晚上每每看到自己吓到睡不着。而这些暗黑童话中，蝙蝠绝对是邪恶的化身。家乡小城里叫蝙蝠叫作盐巴老鼠，说它本是老鼠，偷吃盐偷吃多了，然后成了蝙蝠，对它也是没有什么好印象的。何况，眼前的蝙蝠有一种奇异的巫气，像是携带着某种咒语。

蝙蝠在室内并未停留太久，盘旋了几圈之后，又闪电般从窗子里飞了出去。我甚至都没有看清它的样子。只是蝙蝠出去之后，我似乎被蛊惑住了，身上还是发冷，冷得发抖。

风更大了，夜色潮水般涌来，雷声大作，如墨一般的乌云积攒已久的雨水终于落了下来，打得窗户啪嗒作响。

我呆呆地坐了一阵儿，慢慢地站了起来，只觉得心里说不出的烦闷难受，头也隐隐痛了起来。我想起了阳台上的花草，便缓缓走到阳台上。那些花草虽在阳台之内，但仍然被雨水溅到，湿漉漉的。低头，看到紫竹梅淡紫色的花朵上滚着细小晶莹的雨珠，我心中便又生出浅浅欢喜来，刚刚涌起的烦闷之感便消了大半。

湘北和湘南一样，也有喊魂的习俗。听母亲说，婴儿时期我哭个不停，于是也请人做过喊魂。那天的不速之客蝙蝠，应该是把我吓到了，可是雨中温柔灵秀的紫竹梅，它的美又悄悄抚慰了我的灵魂。于是，不用喊魂，我也恢复如初了。

后来到了长沙，就很少见到紫竹梅了。有天早上出来，忽然在我家小区假山飞流那儿，看到了几株紫竹梅，就在早安花蓝花草附近，很是鲜艳娇柔的样子，宛若小家碧玉的姑娘在抱膝看着小瀑布，一时间竟怔住了，然后便心上涌起几分温柔与甜蜜来。我总是和这些童年中亲切的小花儿不期而遇，恍若洞庭有归客，潇湘逢故人。

于是，我也忍不住驻足看它看了好一阵子。"你站在桥上看风景，看风景人在楼上看你。明月装饰了你的窗子，你装饰了别人的梦。"那淡紫色的小花儿，美而不自知，无心却入画。

紫竹梅可以用来熬汤，汤也是淡紫色的，看着便叫人心静。我是没有做过紫竹梅汤的，还是觉得，如此梦幻娇柔的花，不忍下口啊。

冬青卫矛：画画小伙伴

卫矛别名神箭。那英气勃勃的样子，的确像一位少年军官。《本草纲目》中记载："刘熙《释名》言：齐人谓箭羽为卫。此物干有直羽，如箭羽、矛刃自卫之状，故名。"这个命名方式，和射干差不多。

冬青卫矛又叫万年青，为卫矛科卫矛属。冬青卫矛叶子特别鲜亮油绿，摸上去清凉光滑，是那种精神抖擞的绿，和香樟树温婉秀雅的绿气质上大不一样。冬青卫矛的叶脉极为清晰，历历分明，小时候画花草树叶，会摘下一片卫矛的叶子对着细细描画。

春天里，我会把小花园中的新生叶子采摘一些，放在白瓷茶杯里，注入清水，盖上盖，像熏茶叶一样。一揭开茶盖，整个杯子里都是叶子青青嫩嫩的香气，像是小女孩的清脆笑声，让人心里泛起浅浅的愉悦。过了几天，香樟树的叶子已经轻薄透明，如同蝉翼，冬青卫矛的叶子还是英挺硬朗，质感十足。

那时候也喜欢用茶杯注满水，养着一根橘树或柳树的枝条。这些枝条和香樟叶、卫矛叶一样，都散发着清幽的淡淡香气，却比花香还好闻，整个人似是微醉的，又似是清醒的。

我是极喜欢栀子花的，故乡小城的栀子花随处可见，但我却很少把栀子花摘了带回家养着。栀子花的花香太馥郁了，闻了心潮起伏，会睡不着的。而这些芳香的枝叶却让人心神宁静。也许是从那时开始，会更喜欢这种安静淡然的幽香。正如君子之交淡如水，越是这种淡淡的芬芳，越是让人觉得舒服。

那时几乎所有小花园的植物嫩叶都让我摘下来做过书签，这些树叶书签都夹在了不同的书里。一打开书，便仿佛一个小小的植物园，清芬伴着诗意扑面而来。长大后我还曾写过一篇《花叶簪书》发表在杂志上，写的就是童年时做植物书签的事儿。冬青卫矛的嫩叶我也摘下来夹在书里过。但冬青卫矛的叶子夹在书中一段时间后会变色，颜色变得黝黑，不好看了。冬青卫矛是不驯服的，不似香樟叶和婉温柔。

冬青卫矛旁边还种着几株海桐。海桐则秀气柔和得多，不如冬青卫矛刚硬。那时日本动画片《足球小子》很风行，觉得冬青卫矛便像英气勃勃的大空翼，海桐则像温和沉静的小郎。海桐开白色小花，闻起来是令人舒服的甜香。后来才知道，海桐很可能是传说中的七里香。后来到了大学里，就听到了周杰伦的歌《七里香》："雨下整夜我的爱溢出就像雨水，窗台蝴蝶像诗里纷飞的美丽章节，我接着写，把永远爱你写进诗的结尾……"歌词让正值青春的我沉醉不已。

一直都很喜欢如同海桐般温润如玉的男孩子，但是同一级的男生鲜少有温和的，年纪小的时候，男孩子都调皮捣蛋的，不欺负女孩子就算不错了。因此真正的心动是到读大学时才萌发的，中学时并没有感觉特别的男生。长大后，发现温和男子也是难得，成人世界的戾气和猜疑心太重，温和柔软成了稀有品质。

冬青卫矛的花像香樟树一样，也开黄绿色小花，但没有很浓郁的香气。卫矛连开花也很酷，不愿取悦于人。但是这花也分外可爱，颜色比香樟花更加清亮，花瓣圆圆，像是六七岁的小孩子，含了一颗薄荷糖。

秋天里，冬青卫矛开始结果。果子是蒴果，深裂成几块裂片，露出剔透可爱的小红籽儿，这就是它的种子。其实卫矛的种子是褐色的，红色的是假种皮。果子可留存很久，也不会变坏。

总觉得，冬青卫矛和含羞草应该是一对，便如金叶女贞和红花檵木一般。冬青卫矛英气勃勃，含羞草腼腆温柔，放在一起，画面感好强烈。那时就特别想把它们的拟人漫画画出来，定当有趣。可惜我已经多年没有提画笔了。

　　从小喜欢画画，字还认不全，我便趴在桌上，用蜡笔涂画，安安静静的。结婚那年，在婚礼上，有许久不见的老家阿姨笑眯眯地拉着我的手说："这就是那个爱画画的小姑娘啊，现在都结婚了。"

　　初中时，看着生物书，会临摹书上的各种花草，一笔一笔的细描，描成一本小小的册子，被生物老师大大夸赞了一番。还曾专门准备了个本子，把历史书标了星标的人物，一个个照着画下来，结果被当时的历史老师发现了，老师颔首，全班传看。其实现在想想，也没画得有多好，但是大家都觉得这么一本身边同学所画的历史人物画集很是新鲜有趣，因此很是被猛夸了一阵儿。进入高中，高考压力袭来，于是再也没有画过画。到了大学里，平淡晦暗的日子忽然变得生动多彩起来。不过因为是偏向理工科的综合性大学，身边很少有画画的人，也没有再想过画的事情。工作后，将各种画具都买齐了，但却忙忙碌碌，画得很少。只是在拍摄植物的时候，忽然又有了画画的冲动。要是哪一天，真的再提画笔，一定得先画画这从小相伴的小伙伴冬青卫矛。

生姜：巧手媳妇

生姜和紫苏一般，都是去鱼蟹腥味时常要用到的，因此，生姜也是极芬芳的植物，有着浓烈的刺激性的香气。腥味再重的鱼肉，放入切碎的姜丝爆炒，立刻就鲜香起来。

吃螃蟹的时候，生姜是尤不可少的。小城的鹤龙湖盛产螃蟹，有时候也会买上几只螃蟹吃。把螃蟹清蒸，蒸熟之后，便撒上生姜末和蒜蓉，这样螃蟹吃起来才又鲜嫩又清香。《红楼梦》里平儿给王熙凤剔了一壳螃蟹肉，王熙凤也是要她多倒上些姜醋。

家乡小城外婆的绿色庄园里就种有生姜。妈妈在长沙家里的阳台上，也种过生姜。种生姜是很容易的事情，平常我们吃的就是生姜的块根，把新鲜的生姜根茎温水浸泡后种入泥土之中，然后就可以等着它萌发，生出尖笋般嫩嫩的绿芽了。它的叶子有点像是竹叶，但是要比竹叶来得宽厚。

生姜是几乎不开花的，偶尔也会开出美丽的小黄花。一般生姜是通过分根来进行繁殖。这与它同科的姜花是很不相同的，姜花是会开出清冷绝俗的雪白花，如美人蠉首蛾眉，沉静不语，周身宛若笼罩着一层烟雾，不食人间烟火。而生姜则并不在乎外貌，只在乎过日子的实质。

生姜便像是巧手的媳妇，她对这个世界满怀着爱意，再平庸无味的日子，经她玲珑璇玑巧心思这么一摆弄一点染，立刻就变得异常生动起来。她总是胸有成竹地笑着，令人觉得魅力非凡。仿佛就没有她解决不了的问题。

实际上也的确如此。在家乡小城的记忆中，几乎没有生姜拯救不了的菜式。

生姜作为小零食单嚼也是可以的。切几块明黄色的姜片，放入口中细细咀嚼，鲜香辣爽，脸上也觉得辣辣的，仿佛整个人都跟着热了起来，心里却觉得很是痛快舒服。姜能开胃，萝卜消食，吃几枚生姜片，人的心情和胃口都会变得很好，饭都可以多吃一碗。如果吃多了觉得不舒服的话，就可以吃个萝卜，因为萝卜可以帮助消化。

生嚼生姜不仅好吃，而且对身体是很有好处的，具有去邪辟恶之功效。淋雨后吃生姜能驱寒，坐车时吃上几枚生姜，还可以防止晕车。《红楼梦》第五十二回里，宝玉早起外出，嚼了一块法制紫姜。紫姜就是新收获的生姜，因尖部发紫而得名。《本草纲目》中记载："凡早行、山行宜含一块，不犯雾露清湿之气及山岚不正之邪"。我们那时候自然不知道生姜的功效，只觉得吃了之后精神抖擞，因此常吃生姜。

家乡小城待客，便有芝麻豆子姜盐茶，又叫湘阴茶或者六合茶，便是用芝麻、豆子、生姜末、盐、茶与开水同煎，以黑色的陶制茶罐煎出一罐琥珀色的茶水，再倒入青花瓷碗里。小城里有专门的擂姜钵，又叫姜沙钵，和陶罐一样的铁黑颜色，内里有圆圆尖尖的纹路。把鲜嫩的生姜放在擂姜钵里旋转摩擦，便会擂出姜汁和姜末，手指也会跟着感到辣辣的。如果没有擂姜钵，用筷子在碗里擂生姜也是可以的，只是要颇费些力气了。

一碗姜盐茶，小口饮之，唇舌间便萦绕着微微的生姜鲜辣之味，再加上芝麻豆子的脆香，只觉精神一振。在冬天喝一碗芝麻豆子姜盐茶更是浑身发热。

在家乡小城，随便去哪个亲戚朋友家做客，都是一碗热乎乎、香喷喷的姜盐茶迎客，喝了一碗，主人家又客客气气地煎一罐过来，几碗下来，小孩子都饱饱的不用吃饭了。小城里还流传着一首歌谣："芝麻豆子茶，呷哒就想夸。一碗香满口，二碗舔落牙，三碗四碗辞不脱，五碗六碗捉鱼虾。汉子们歇气，一罐不能少，堂客们仰罐，泛起缎子花。只是出门人喝不得，越喝越思乡，越喝越想家。"

后来我从小城出来，到长沙求学、工作，每天回家必定煎一碗热热的姜盐茶。淋雨回家，也是喝一碗姜盐茶，便浑身热乎起来，驱走了寒气。只要有姜盐茶，无论怎样辛苦，心里都会泛上一阵温馨，故乡小城的亲切，全氤氲在这碗茶水里了。

后来懂了一些药理之后，发现芝麻豆子姜盐茶其实是很好的养生药汤，生姜驱寒开胃，茶叶解乏养阴，豆子益气养血，芝麻润肠补肾。原来这茶水不仅温润着心，也滋补着身，也难怪小城的人们如此喜欢它，对它如此念念不忘了。

长春花的生命力也是极强，墙角随处可见，花色又娇艳，却比太阳花多了一份静气，没有那么闹腾。不像太阳花那样是一颗天真的少女心，多了一份恬然之美。

长春花：嫣然明媚

　　暑假回家乡小城。在外婆家的阳台上，看到冒出来的紫红色小花，欢欢喜喜，生气勃勃，令人看了就高兴的。叶子是小小的倒卵形，柔和油亮。

　　这就是长春花了。从小时候到现在，在小巷子里一直开着的花儿。

　　长春花的颜色特别艳丽，最开始我以为是太阳花，都是天真欢喜的那个劲头，仿佛跟小孩子一样仰着脸庞笑。但仔细看，很快就看出不同了。太阳花是碗状的花朵，而长春花是盘状的花朵，平平的五瓣花瓣，像雨伞一样撑开，于是又叫作"小雨伞花"。长春花花朵中心有深色洞眼，那里隐藏着它的花蕊。被风吹起来的时候，花瓣像是小风轮一般，很是可爱。

　　长春花的生命力也是极强，墙角随处可见，花色又娇艳，却比太阳花多了一份静气，没有那么闹腾。不像太阳花那样是一颗天真的少女心，多了一份恬然之美。也觉得长春花是一种和蓝雪花一般叫人心安的花儿，虽然内心坚韧强大，但是外表却一片云淡风轻。

　　在小巷子里走，小巷人家在阳台上摆放的花盆里，以及不起眼的角落里，也种了不少长春花。小城的人们很是钟情于它。青灰色的小巷子，栗色的瓦，粉白的墙，长长的屋檐，木格子的小窗，依然沉淀着上个世纪的古朴韵味，衬着鲜艳的长春花，说不出的好看。很有一种现世安稳、岁月静好的感觉，仿佛时光在这里盘旋停驻，不舍离去，然后静静凝成了一枚琥珀。

长春花真是受宠的小少女。而她并不知道人们对她的宠爱，只是笑嘻嘻地开在风里，一开就忘记了时间。它的花期、果期几乎是全年，因此又叫作四时春、日日春。于是，从春到秋，都能看到长春花的"小风轮"日日都在小巷子里照耀着。

小巷子里，除了长春花外，太阳花、月季花、鸡冠花、晚饭花也是常见的，都是热热闹闹带着俗世之欢喜的花儿。五彩缤纷的小草花儿把小巷点缀得诗情画意。这让我的心里不由得涌起一缕柔情，我的小城，我的小巷，它是这么美呀！

走到小巷深处，就是外婆家了。外婆家的阳台上，自然也种了长春花。夕阳西斜时，黄昏浸着风的软，晴天里星子闪闪烁烁，小巷里长春花也闪闪烁烁。静静看着这眼前的一切，心中便同时涌起淡淡的惆怅与欢喜，细细碎碎似有音符跳动。

在这样鲜花遍地的小巷里，很适合穿着碎花裙和凉鞋，在风里慢慢走着，任长发被拂乱，涌起几分矫情但惬意的文艺感，仿佛走在一张泛黄的旧照片里，踏在馨香的老岁月上。

出于对故乡小城的思念，在长沙家里的阳台上，我也种了一盆长春花，和蓝雪花种在一块儿。两种花儿都是性格坚韧的开花机器，只是一个柔美一个亮烈。有一天，在阳台看书的时候，一枚完整的长春花朵忽然被风刮坠，紫红色的小风轮突然从天而降，一首小诗一般飞到了书页之上。

于是，我拾起这枚长春花，带它进了书房，把它轻轻放在席慕蓉诗集《无怨的青春》旁。它必是喜欢这个去处的吧。这故乡小巷里随处可见的沉静小花，想起来心里就熨帖而温暖，就像想起一首少女时代就喜欢的席慕蓉的小诗。

热带地区，长春花也更为多见了。去广州、北海、三亚、扬州等地旅行，看到广场或者街头的花坛里，都是嫣然明媚的长春花，花色也缤纷多彩，有桃红、粉白、橘黄等颜色，不像故乡小城只有紫红色。它仿佛总是喜欢笑着的女孩，让每一个看到她的人，心里都瞬间明亮欢喜起来。

长春花是夹竹桃科长春花属植物，美而有毒，但全草入药，可止痛、消炎、安眠、通便及利尿等。

西瓜: 清凉的水罐

　　读乌拉圭女诗人的《清凉的水罐》:"为了做午饭,仆人提来一只刚刚打满井水的大肚子陶罐。井水凉得直从陶罐的所有的毛细孔里往外渗,水汽布满清凉潮湿的水罐发红的表面……我把面颊贴在清凉、潮湿的陶罐上。这简单朴实的幸福足以将我眼前这个时刻变得充实。"读着读着,我的心越发轻柔安静起来。

　　如果,在炎炎夏日,我有一个刚刚打满井水的水罐,那么我想要做的事情,也许和作者一样,把面颊贴在清凉、潮湿的陶罐上,让大地的深沉气息,一下子灌满心间。尔后,便是用那清澈的井水,来滋润自己干涸而渴望的喉咙。人生的幸福,是这样简单而猝不及防啊!

　　清凉的水罐所能达到的功效,清凉的西瓜也能达到。炎炎夏日,除了冰淇淋,就是西瓜能给身处小城的我们以清凉慰藉了。

　　夏日的小城,非常闷热。热辣辣的太阳虽然晒蔫了泡桐树的叶子,却晒不蔫庭院里的小孩子。在庭院的阴凉中,小孩子们虽然依然活力四射,到处乱跑,但也汗津津的,一个个的像是刚从水里捞出来的一样。

　　爸爸们下班回来,会拎着一个墨绿色的大西瓜。买了西瓜,就打开水龙头,接了半桶水,把西瓜放在水桶里浸着。西瓜在桶里半沉半浮,小孩子就会趴在水桶边,用手轻轻一按西瓜,西瓜便沉了下去,一松手,西瓜便浮了起来。这么无聊的游戏，居然玩得津津有味，小孩子是有多容易快活呀。

湘阴小城的水龙头一打开，便是一阵凉意。小城取水，取的是地下水，水质非常清纯，冬暖夏凉。西瓜浸在水桶里，比放在冰箱里还凉。清纯的地下水滋养了小城的人们。中学时同学里美丽的女孩子很多，都是皎洁肤色、清澈眼眸，一望便知是水乡人物。

待要吃时，大人们便从水桶里取出西瓜，把西瓜横切一刀，竖切一刀，再分别切成小块。刀滑过瓜身的声音听起来格外爽利，如夏日夜晚的潇潇雨声。妈妈们还会切小半个西瓜，放一个小勺，给小点儿的孩子，让他独自一口一口舀着吃，于是你就会看到一个认真吃瓜的小娃娃，好像整个世界只剩下了西瓜。后来看到汪曾祺在文里如此写："西瓜以绳络悬之井中，下午剖食，一刀下去，咔嚓有声，凉气四溢，连眼睛都是凉的。"觉得亲切无比。

凉沁沁的西瓜一吃下去，满口清甜冰爽。吃着吃着，便浑身清凉，连汗都渐渐收了。吃完西瓜后，再用红双喜脸盆打一盆清水洗脸，洗完之后，整个人都神清气爽。晚风轻轻拂过脸颊，我只觉得有一种惬意且微妙的感觉，仿佛自己的身体轻盈起来，变成童话里的小小人儿，可以轻松跳上泡桐叶和栀子花，和花草精灵自在游戏。

在奶奶家住的时候，婶婶也喜欢吃西瓜。婶婶吃完西瓜，还要把雪白的西瓜皮削下来，轻轻涂抹在脸上。婶婶说，西瓜皮有养颜美容的功效。那时的小女孩看着看着，也就学着拿一块西瓜皮，在脸上擦来擦去，只觉脸上湿漉漉的，很是沁凉舒服。

夜渐渐深了，草间传来低低的虫鸣之声，听着极悦耳。间或有小儿哭啼，也渐渐地低了下去，如淡墨滴入砚池之中。窗外月明星稀，疏光闪烁。竹席上清凉凉，妈妈在旁边打着蒲扇，电风扇也缓缓摇着头。

这时的夏夜缓慢而悠长，仿佛永远过不完一样，清凉甜美得跟一块一块的西瓜一般。

我深爱这样的小城夏夜，永远也回不去的小城夏夜。

桃子真是极美味的水果，比橘子、苹果这种家常的水果要好吃很多。桃子生得也美貌，雪白果皮上一抹晕红，像小姑娘漂亮的脸颊。

桃子：仙境之桃

　　小城有桃树吗？似乎是没有的，至少是文星镇没有。到了长沙，我才见到这种浸润诗意的古典植物，在中南大学、湖南中医药大学、洋湖湿地公园、省植物园，随处可见。

　　在雨后的岳麓山下也曾邂逅过一树笑眉弯弯的桃花。晕红的圆圆花瓣，洒落着细密的雨珠，如同轻绡削成，指尖轻轻碰触花瓣，只觉柔嫩似婴儿肌肤。这树桃花是单瓣的毛桃，能结果子的那种，而不是复瓣的碧桃，碧桃是园艺品种，不结果的。

　　不过，在故乡小城，我们和果树的亲近，就只有通过果实了。小时候，虽然没有见过桃树，但是桃子可吃得不少呢。

　　桃子真是极美味的水果，比橘子、苹果这种家常的水果要好吃很多。桃子生得也美貌，雪白果皮上一抹晕红，像小姑娘漂亮的脸颊。把桃子洗净，用盐擦去细细的绒毛，然后捧一个桃子在掌心，轻轻一咬，便有清甜微酸的果汁沁入唇舌之中。这种清甜微酸的感觉，比苹果、橘子更让人心醉。

　　那时看过一本"中学生作文选"，有一个作者写到他家乡的桃子，那桃子成熟时果肉已经完全化成甜美的汁水，外地人不知道，拿着桃子一口咬下去，便会溅满满身汁水，引起本地人哧哧嘲笑。吃这种桃子，要小心地咬开一个小口，然后慢慢吮吸，把这天然的果汁细细喝完，只余下一个完整的桃子果皮。当时对这种桃子向往得不得了，想等长大后一定要找到这种桃子吃，结果到现在也还没找到呢。

桃子如此美味，怪不得仙果之中，常有桃子的存在，看来神仙也喜欢吃桃子。看电视剧《西游记》，蟠桃园里，土地公公说："吃了园子里九千年一熟的蟠桃，能与天地齐寿，日月同庚。"可是孙悟空优哉游哉，吃一个桃子丢一个桃子，觉得他真是好浪费。后来，孙悟空吃饱了，变成一个桃子，和所有的桃子一样，都在树上睡觉。看得我也想变成一个桃子去树上睡觉，身边都是果香，梦里都是果香。

吃完桃子，小孩子会喜欢含着桃核，舍不得马上丢掉。因为桃核上还余留着桃肉清甜微酸的味道。将桃核含在嘴里，小孩子的腮帮便鼓鼓的。大人们看到，总喜欢逗一逗小孩子，用手指戳一戳小腮帮，硬硬的桃核还在。

桃核洗干净后，便像个雕刻出来的精致工艺品。而它也是的确可以雕刻成真正的工艺品。中学课本里有《核舟记》，那巧夺天工的核舟便是用桃核雕成的："通计一舟，为人五，为窗八，为箬篷，为楫，为炉，为壶，为手卷，为念珠各一；对联、题名并篆文，为字共三十有四。而计其长，曾不盈寸。盖简桃核修狭者为之。"

小女孩会收集起那些桃核，洗得干干净净，然后便会用桃核玩"抓子儿"的游戏，几个小女孩在一起头碰头地抓桃核，看谁的手能在最短的时间里抓起最多的桃核。小女孩的手其实很小，像春天里初生的桃叶，抓不住几个桃核，有时候桃核滴溜溜地掉下来，然后就一起咯咯笑。也有小女孩央妈妈把桃核钻两个孔儿，穿起几个桃核做手串玩，这样做抓子儿游戏时，就能一下抓起几个桃核了。小小的无聊的游戏，那时候却可以玩很久，且乐此不疲。

小时候还看过一部老电影，具体情节不记得了，只记得一个小孩子拾得一枚普通的桃核，当他拾起来的时候，桃核在他手里化作了闪烁耀眼的蓝宝石。而其他人碰触到他手中的蓝宝石时，蓝宝石却又变回了普普通通的桃核。

这其中含有某种当时尚不明白的隐喻。在懂你的人那里，你是颗稀世的宝石，在不懂你的人那里，你跟桃核没什么两样。其实生命删繁就简之后，真正重要的，不就那么几个人而已。也许就在这几个人眼里，你是不可取代的，在其他人眼里，就是无足轻重的。

这些关于桃核与人生的道理，也是长大后才慢慢悟得的。

梅花开在冬末春初，是携来早春气息的报春花，而我们踏青都会在三四月了，因此踏青的时候所见到的，多半不是梅花。

梅子：
百梅书屋

在小城里，我们能接触到的跟梅花有关的事物，也就是梅子了，而且是加工后的盐渍梅子，酸酸的，甜甜的，吃完后也是会含着梅子核半天舍不得吐掉。还有就是街上夏天卖的乌梅汤了。不过，乌梅汤卖的人并不多，多的是卖莲子、莲蓬以及薄荷凉粉的。

但与梅子比起来，我更向往梅花。然而在县城里是没有梅花的，小城的乡镇里有，比如樟树镇。小时候，我就常听到一些关于梅花的传说。

小学和初中的时候，老师经常组织同学们出去踏青，也就是春游。湘阴小城水多山也多，有太多绿意盈盈的美景，比如，鹅形山、青山岛、洋沙湖，等等。

那时候也不知道跟老师去哪个具体地点，只觉得大伙儿一起背着水壶出去游山玩水，还可以不用认真吃饭，就着果汁吃点心就当午餐了，十分地开心。现在看那时春游的合照，一个个红通通笑嘻嘻的小脸儿，生动之极，都能听到笑声从照片里传出来了。

到了林木繁盛之处，老师便说，自由活动，大家不要跑远了。小孩子们便欢呼一声，四处跑开了，如一捧豆子滴溜溜地在桌上散开。我们看到很多美丽的花儿，或白，或粉，或红，薄施粉黛，笑盈盈地站在春风里。但我当时并不识得它们，不知道是桃花、李花还是什么别的花。一群小孩子欢欢喜喜地跑在烂漫春光里，小女孩便两两三三地摘花玩，小男孩就滚在花畔的草地里打闹。

梅花开在冬末春初，是携来早春气息的报春花，而我们踏青都会在三四月了，因此踏青的时候所见到的，多半不是梅花。而那时，我也正在学画，画的画里面就有一幅"喜上梅梢"，就是两只喜鹊，俏生生地站在梅树上，梅树上缀满了梅花。我临摹练习了很多幅梅花，都是画着圆圆的五枚淡红花瓣，然后再用墨笔细细描上头发丝一般的花蕊儿。因此对于梅花，虽未见面，却是神交很久了。

等到了一定时间，老师便把我们又召唤到一起，坐成一个圈儿，给我们讲故事，或者组织大家做类似于丢手绢的小游戏。关于梅花的掌故，老师就曾讲过一个，就发生在湘阴小城，是关于百梅书屋的故事。

老师说，清代的时候有个读书人，家境贫寒但勤奋好学，跟着左宗棠打了很多胜仗，然后功成身退，来到小城，隐居于乡野之中。因他极爱梅花，便种下了一百棵梅树，建起了"百梅书屋"，梅花盛开之时，整个书屋都浸润在浮动的暗香之中。这个读书人也就在百梅书屋中灵感迸发，写下了很多好文章。而在百梅书屋里读书的后人，也都取得了不错的成绩，有中举又出来做官的。老师说起百梅书屋的时候，带着某种神往的表情。我们听得入神，听着听着有些恍惚起来，仿佛空气里真的浮动着梅花神秘的香气。

于是，小孩子们对浸润在梅花香气的那个书屋也跟着神往之极。我想，在梅花香气里读书，那比在香樟香气里读书，要更加心神舒爽吧。在草木芬芳里读书，我从小就不陌生，小花园里，有香樟香气、含笑香气、栀子香气，但却没有梅花香气。

当时老师讲的故事，印象已经渐渐不甚清晰。但后来在长沙看到一本专门记录湘阴掌故的书，里面很详细地记录了百树梅花的来历，跟老师说的并无不同，原来那个读书人就是左宗棠的师爷陈迪南，他善画梅花，曾经以一把画有梅花并题有言志诗的折扇献给左宗棠，折扇上的题句为："能花春在我，耐冻雪无权。"左宗棠赏识其志向才华，于是便将他留下重用了他。陈迪南随着左宗棠南征北战，收复新疆，立下汗马功劳。后来，他辞官回到湘阴小城。而他所居住的樟树镇姚家坡，也因为百树梅花而改名为百梅村。不过现在，百梅书屋早已不复存在了，只有一处遗址，供后人怀想。

长沙的梅花，那就太多了。学校药植园就有白梅、朱砂梅、宫粉梅等好几个梅花的品种，省植物园有梅园，橘子洲头有梅林。我细细闻过梅花香气，清甜微酸，和梅子的滋味很是相似，虽然没有蜡梅的香气那般馥郁醒脑，但另有一番幽微动人之处。

我时常也会带上一本书，去梅花香气中看书，任暗香浮动在衣袖间，算是圆了儿时的一个温馨的梦。省植物园和橘子洲头梅花开的时候，人太多了，看不进书，在药植园看书倒是很安静的。

"小窗细嚼梅花蕊，吐出新诗字字香。"在药植园的梅花香气中看书，跟在中南大学南校区的桂花香气中看书一样，总会忽然涌上和年少时一样写诗的冲动。虽然已经很多年不写诗了。

多年以后，我到了岳阳君山，才见到了大片的斑竹，紫痕斑斑，果然如同泪水纵横。

斑竹：
飘忽瑰艳
的传说

　　小时候是特别喜欢缠着大人讲故事的，只要大人说，要讲故事啦，我马上会搬个小板凳坐到面前，高高兴兴地等着听故事。

　　有一个故事，不记得是妈妈讲的，还是外婆讲的。说是古时候，地上和天上是通过大树联系的，有长得特别高的树，可以一直长到天上去，于是人们就经常爬树上天玩儿，还带很多仙果下来。有一天，天上的神仙忽然想：哎哟，这样下去，到天庭来玩的人就太多了。于是便念了咒语，让树都不能长得太高，从此以后，就算再高的树，也不能直达天庭了。

　　听了这个故事之后，我对所有的植物都心存敬意了。原来植物还是曾经让人与神仙得以沟通的桥梁呀。植物在我眼里，更多了一层神秘缥缈的意味。

　　其实，湘阴小城还真有不少飘忽瑰艳的传说。其中有一个传说，便是关于黄陵庙和二妃墓的，这二妃也就是将竹子滴泪成斑竹的娥皇、女英。这个故事小时候外婆也有讲给我听。而长大后发现，不少典籍都记载了这个传说。

　　晋代张华所写的《博物志》第八卷中记载，尧帝有两个女儿，即娥皇，女英，都嫁给了舜帝。有一年，舜帝南巡，在路上病逝，死于苍梧，葬在九嶷山。二妃听说后，就来到湘水边，遥遥望着九嶷云雾哭祭夫君。伤心之下，她们双双跃入了江水之中，死后化作了湘水女神，也就是"湘妃""湘夫人"，或者"潇湘妃子"。

她们哭泣之时，滴滴泪水洒在了水边竹子上，留下了斑斑泪痕。后来这里的竹子，竹身都带有紫色斑点，似泪水纵横，因此便被后人称为斑竹，又称作湘妃竹。

　　这个传说实在是忧伤，可是又这么凄美，美得空灵，美得飘忽瑰艳。后来我便读到了历代文人所留下的大量吟咏湘妃和斑竹的诗词。屈原《九歌》云："帝子降兮北渚，目眇眇兮愁予。袅袅兮秋风，洞庭波兮木叶下。"便是勾画湘妃要渺宜修之美。唐代诗人刘禹锡曾经有诗《潇湘神》云："斑竹枝，斑竹枝，泪痕点点寄相思。楚客欲听瑶瑟怨，潇湘深夜月明时。"则是将斑竹当作了相思的寄托之物。

　　《红楼梦》中，探春给黛玉取号"潇湘妃子"，也是说"将来她想林姐夫，那竹子也是要变成斑竹的"，而黛玉给宝玉的题帕三绝句里，也有"窗前亦有千竿竹，不识香痕渍也无"之句。那灵气横溢的黛玉如同泪做的人儿，她是明清江南闺秀的化身，沉淀着曹雪芹关于才女所有美好的想象。

　　后来才知道，原来古人在二妃投水之处为纪念并祭祀她们而建立的黄陵庙和二妃墓，有说法是就建在了湘阴小城。《史记》中载："帝舜三十九年，南巡狩，崩于苍梧之野"。"苍梧"指洞庭湖之四野，湘阴"在上世为三苗地"，即"苍梧之野"的一部分。《水经注疏》卷三十八记载："湘水西流，径二妃庙南，世谓之黄陵庙也。会贞按：《括地志》黄陵庙在岳州湘阴县北五十七里，舜二妃之神。韩愈有《黄陵庙记》，在今湘阴县北四十里。"《湘阴县志》对此也有记载："黄陵（山）在县北大江之滨，舜帝二妃在上。"

　　黄陵庙建在黄陵山之上，而黄陵山又名湘山，湘阴小城的名字来源之一是因为小城位居湘山之北。唐代诗人李商隐和朋友刘蕡就曾在黄陵庙话别。黄陵离别之际，敏感而悲悯的李商隐隐隐担心着生性正直却处世不圆滑的朋友，写下了《赠刘司户蕡》以赠。一年之后，正值壮年的刘蕡在柳州去世。李商隐悲不自胜，写诗纪念朋友，其中有句："去年相送地，春雪满黄陵。"

　　一时怅惘。原来，这关于潇湘妃子的飘忽瑰艳之传说，竟离我是如此之近。但是湘阴县这里是没有见到斑竹的，不知道是不是在时光的流逝中消失了，毕竟黄陵庙和二妃墓如今在小城也只剩了遗址。多年以后，我到了岳阳君山，才见到了大片的斑竹，紫痕斑斑，果然如同泪水纵横。

在此之前，湘阴小城在我印象之中，最有名的应该是潇湘八景之一的"远浦归帆"了。远浦楼就在离我家不远的江边。觉得"远浦归帆"是个极温暖的画面。傍晚，夜色潮水般涌来的时候，江上点点归帆，江岸盏盏渔火，照亮他们回家的路。

而二妃和斑竹的传说则既飘忽瑰艳，又满是空灵的忧伤，这些也渗入了小城的气息之中，从而让它也有了一缕雾气般的美丽和哀愁。

这大概就是我离开湘阴小城之后，每次想起它，既温暖又忧伤的原因吧。

马齿苋：静静芬芳

外婆在老家的顶楼上开垦了一小片菜园，那就是她的绿色庄园。绿色庄园里有丝瓜、豌豆、辣椒、橘子，还有马齿苋。

其他菜对我来说都挺寻常的，倒是马齿苋让我感到新奇。印象中是一种野草，碧青叶子指头大小，长椭圆状，真像是马的牙齿，这名字还挺形象。我更喜欢的是它的花，小小的叶子托出更小的金黄色花，只有豆子般大小，花瓣柔嫩，但细巧精致、玲珑剔透，和我喜欢的太阳花花型很像。它们原本就有一定的亲缘关系，单瓣太阳花又叫作大花马齿苋。

这些蔬菜的花中，属马齿苋开得最明丽可爱。野草出身的它自然无惧任何环境。外婆拨弄着她的马齿苋，像是抚摸着小孙女的头发，神情温和慈爱。

每次当我们从长沙回到故乡小城去看外婆，外婆便把她菜园里的宝贝摘了些来做菜，其中就有马齿苋。用醋和辣椒清炒马齿苋叶，吃起来口感滑嫩，很是爽口，只是带了酸意，像是有点个性的样子。把马齿苋用滚水烫熟，再冷水冲凉，放入盐、醋、辣椒油等做凉拌菜也很好吃。

外婆对马齿苋的喜爱应该是来源于它的药用价值吧。早年在茶湖潭乡时，外婆和外公一起做当地的赤脚医生，就曾经在家附近的坡上开垦了一个没有栏杆的小药圃，种下了臭牡丹、泽兰、金银花等诸多药草，这药圃之中，也有马齿苋。马齿苋全草可入药，有清热利湿、解毒消肿、消炎、止渴、利尿的作用，它的种子也有明目的功效。

外婆看病看累了，或是抓药抓累了，便走到药圃旁，看看满园子的药草青碧生凉，心里也就安了。看病抓药的休息间隙，外婆和外公在药圃旁摆上藤椅小桌，小斟几杯，也算人间清福。生活虽然辛苦，总有一些明亮的瞬间让人觉得人生是值得的。

以前种药，现在种菜。外婆种植草木，并不以审美为前提，而是以实用为前提，但这些具有实用价值的草木依然给她和儿女以及孙辈们带来了无穷的美感。像我，每次到了外婆家，必定是要欢欢喜喜地爬上顶楼，去看那些果蔬开的花。

在梭罗的《瓦尔登湖》里，曾经提到住在他附近的一个老太太。这个老太太，仿佛是大地之母的象征，她慈爱、博学，又充满力量。梭罗有时候还会去她的百草园中去散步，采集药草。这个百草园种植着各种鲜花芳草，清香馥郁。

梭罗是热爱大自然的人，他认为，在任何大自然的事物中，都能找出最甜蜜温柔，最天真和鼓舞人的伴侣，即使是对于愤世嫉俗的可怜人和最忧郁的人也一样。因此，他很欣赏这个老太太，并且把她当成了自己的朋友。

梭罗听老太太讲寓言故事。她有无比丰富的创造力，他说"她的记忆一直追溯到神话以前的时代"。她可以把每一个寓言的起源告诉他，哪一个寓言是根据哪一个事实而来的。这是一个"红润的、精壮的"老太太，不论什么天气什么季节她都兴致勃勃，对什么都抱着好奇心。梭罗觉得，看样子要比她的孩子活得还长久。

是的，葆有年轻时的记忆力和创作力，又还怀有一颗好奇心的人，她还未真正老去，她还可以活上很久。她深谙大自然之趣，很是快活。

外婆也是这样的老太太呀。外婆名"静芳"，很民国气的名字。而外婆年轻时也是秀外慧中、娟娟静美的女子。而骨子里她却一点儿都不柔弱，仿佛有着用之不竭的精力。

外婆很是懂得与自然的相处之道，她侍弄的植物，无论药草还是蔬菜，都生长得肥硕茁壮。她与小动物们的相处更是和谐。曾经顶楼菜园闹老鼠，老鼠会把蔬菜的根茎啃坏，还跑到房间里乱咬柜子。

外婆便去夜市里抱了一只寻食的流浪猫过来，喂了它一条小鱼干，便让它上顶楼抓老鼠。很快家里便不再闹鼠患。小猫很通人性，见老鼠吃尽，便又出门流浪去了。但偶尔，它还会回来串串门，外婆便喂它几条小鱼干吃。吃完，它便又出门了。

我见过这小猫儿，是一只敏捷而瘦削的橘猫，我问外婆，为何不养了它。外婆说猫儿爱自由，它回来看看，是看有没有再闹老鼠，如果闹了，就会再帮我们抓老鼠，没有就又江湖逍遥去了。我听得呆住，外婆难道懂猫语吗？

有时我会觉得外婆很像马齿苋，看上去是秀美的小小花儿，却拥有极其坚韧的生命力和强大的药用功效。

外公外婆生育有六个孩子，三男三女，我母亲是长女。那个年代，抚养六个孩子是相当不容易的事情。外婆做过小学老师，卖过爆米花，做过摄影师，还跟着外公临床看病打下手，自学成了赤脚医生。后来到了县城里，也是外公看病，外婆抓药，两人配合十分默契，除了把六个孩子都健康养大之外，还把三个儿女都培养上了中专或大学，成了学院派的中医。

外婆与外公感情很好。外婆年轻时就很崇拜写得一手好文章又精通医术的外公，到老也没有变。外婆看着外公时，作为孙辈我们都能感受到外婆的"星星眼"。外婆的父亲则是极其宠爱闺秀出身的妻子，包揽了所有家务，让她十指不沾阳春水，八十多岁都能悠闲地坐在小巷里画画。婚姻原来有很多种相处方式，只要自己和对方觉得舒服，就可以长久而幸福。就是因为长辈们大多爱情圆满，所以虽然父母婚姻失败，我还是相信爱情的。

外婆总是不急不缓，我没见过她生气或者大怒的样子。她想做什么，就利落地去做了，从不纠结也从不犹豫，犹如马齿苋静静生长淡淡芬芳。外婆伤心到失态的事情，就是外公去世的时候吧。

到了八十岁，外婆依然有着优雅的姿态和苗条的体形。我觉得外婆是要美过她几个女儿的，包括我的母亲。

南瓜：默默成长着

　　故乡小城里，外婆的绿色庄园里种有南瓜。南瓜花长得跟丝瓜花很像，金灿灿的，有时候会弄错了。

　　南瓜和丝瓜一样，都是相当好种的蔬菜，春天播种，不用多操心，雨水淅淅沥沥一下，它自会钻出土壤攀附而上，长出宽厚肥硕的绿叶，再开出金灿灿的花。我那时是一个总有着奇思妙想的小女孩，总觉得草木都是有小精灵藏在花芯里的。就遐想着，是不是小花园里的含笑花、香樟花，以及栀子花的精灵，会悄悄抓住我的头发或者衣角，随我一起来到外婆家。她们跟南瓜花、丝瓜花的精灵相遇，是不是也能很快成为好朋友？在瓜棚旁，我经常看着南瓜花发呆，幻想着能看见小小的花之精灵们在南瓜花芯里嬉笑游戏。

　　童年时，我看到草木总是会幻想它们的精灵，这样的幻想使得日子有了无穷的乐趣。长大以后有时我也会冒傻劲地幻想，然后写成一篇篇只给自己的小朋友看的小童话。

　　很快，在那时小女孩的遐想之中，日子便如同南瓜花上的一滴露水般悄悄滑过去了。到了秋天，南瓜藤上便生出一个个萌感十足的小南瓜，扁扁的，圆圆的，颜色比花还浓，像是沉淀了阳光的色彩，很是喜庆。

　　有些初长成的小南瓜，可爱得就像个小玩具，可以拿在手里把玩，都不舍得吃了。

丰腴的南瓜不仅可以做菜，还可以作为主食，荒年可以代粮，故又称"饭瓜""米瓜"。《北墅抱瓮录》中说："南瓜愈老愈佳，宜用子瞻煮黄州猪肉之法，少水缓火，蒸令极熟，味甘腻，且极香。"所谓"子瞻煮黄州猪肉之法"，就是苏东坡制作红烧肉的方法，即慢火烹煮，令南瓜煮熟后甘润柔腻，极为香醇。不过外婆家做南瓜，则多是最简单的清炒南瓜。

其实并不很喜欢吃南瓜，南瓜总是甜甜的，有点腻人。外婆绿色庄园里所种的果蔬，相比于丝瓜、南瓜，我倒是更爱吃黄瓜。黄瓜生吃就很清新，像是某种清脆的水果一般，而它做菜，比如，做成黄瓜炒肉或者清炒黄瓜时也很爽口。黄瓜也是开小黄花，但这小黄花比丝瓜和南瓜的可小得多了。

不过，我很爱南瓜的衍生物，比如南瓜饼。母校食堂特别喜欢做一种圆圆的南瓜小饼，像清凉油盒那么大，小巧可爱。饼上还撒上芝麻粒，吃起来香喷喷的。现在回母校食堂，也会打一份南瓜小饼慢慢吃着，舌尖上萦绕着阵阵甜蜜，往日的青春时光就轻轻浮现出来。

南瓜花也是能吃的。南瓜花"泡以开水盐渍之，暑日以代干菜"，但吃南瓜花必须去掉花蕊花蒂，要不然便会有苦味。南瓜花的吃法也多样，可以把南瓜花切碎拌面做成糕饼食用，也可以用南瓜花煮粥，在南瓜花粥上再撒上几颗红艳艳的枸杞，吃起来更觉醇厚爽口。

广西贺州有"瓜花酿"，其中有南瓜花酿。外婆也做过南瓜花酿，但做得不多，也是听孙辈讲起来一时觉得新鲜才做的。她将带着露水的南瓜花采摘下来，洗净去花蕊，将肉馅、料酒、鸡蛋等调匀加入，再将花瓣封严，上锅煮熟或者蒸熟。这样的南瓜花酿闻着就很香，入口便有清甜之感，舌尖抵着南瓜花柔嫩细腻的花瓣，每咬一口都觉得妙不可言。

南瓜全株各部可供药用，种子有清热除湿、驱虫的功效；藤有清热的功效；而瓜蒂则有安胎的功效。不过，这温厚得如同大地之母的南瓜原产地并非中国，而是在美洲，明代才传了进来。西方国家广泛种植南瓜，对南瓜也很偏爱。美国作家梭罗就曾经说过："我宁愿独自坐在一只南瓜上，而不愿拥挤地坐在天鹅绒的坐垫上。"

德国作家于尔克·舒比格《当世界年纪还小的时候》里面也有这样的一段话："洋葱、萝卜和西红柿，不相信世界上有南瓜这种东西，它们认为那是一种空想。南瓜不说话，默默地成长着。"这简直就是一首哲理小诗。夏虫不可以语冰，对于无法对话的对象，南瓜便不说话，何必浪费时间与无关人等争辩呢，默默地成长着就好。南瓜所蕴含着的沉默而坚韧的力量，却用这么素朴的话语一言道尽。

我也喜欢"不说话，默默成长着"那种处世态度，连带也喜欢了南瓜花。现在人们总是想得太多而做得太少，对于某些细枝末节的事情太过关注，又总喜欢各种比较和计较，因此静不下心来，如何能像南瓜一样呢，把心思全部放在自我成长上，放在能让自己发光的事情上，让自己忙碌充实起来，负能量也就烟消云散了。

人，一定要像南瓜一样，默默成长着，变美、变优秀起来，尤其是在年轻的时候。

棕榈树：走失永远不会

在我们上大学的时候，中南大学南校区只有一舍到九舍，我当时住在五舍。现在南校区修建了升华公寓，有三十多栋宿舍，师弟师妹们的队伍比我们那时庞大了很多，宿舍区也热闹了很多。

这年夏天，我回母校南校区。从升华公寓门口走进去，是一排高大的棕榈树，有一种穿越到热带地区的错觉。天空蓝如西方美人的眼眸，云朵丝丝缕缕，在棕榈树上飘荡，很像新海诚漫画里的天空。

走近了仰头细看，棕榈树上结了不少紫黑色的果子，比葡萄略大。我知道这果子是可以榨出对健康有益的棕榈油的。棕榈树树干上有一圈一圈的印痕，那是叶鞘留下的痕迹，像是竹笋。如果有棕色纤维，那就是"叶鞘纤维"。棕榈树的花也是一串串的，像许多金黄色的小棒，未开的花苞像是鱼籽一般。的确，在古代，棕榈花被称为棕鱼或者木鱼子，是可以入馔的美食。南宋林洪的《山家清供》里，就曾记录过棕榈花的一种吃法，即用腊肉炒棕榈花。棕榈花还可以入药，具有止血、止泻、活血、散结之功效。因此，学校药植园里也种有棕榈树。

棕榈树下是苏铁，纤长坚韧的绿色叶片，像是放大的松枝。就如金叶女贞和红花檵木一般，棕榈树和苏铁在园艺中大多数时候也是焦不离孟，孟不离焦，一对好朋友一般。在中南大学南校区以前的第一教学楼，现在的文学与新闻传播学院前面，就种着一排的棕榈树，门口则分别种着两棵苏铁。

我现在所住的小区广场上也种着好几棵高大的棕榈树。盛夏清晨，有风自由来去，广场上很是凉爽，大叔大妈便带着孩子坐在广场上歇凉。有个大叔感叹："树下真是一口好风。"用"口"来形容风，真有几分可爱，仿佛是小孩子鼓着脸在吹一小口一小口的风一般。风一吹来，棕榈树如折扇的叶子也随之摇摇摆摆。

　　棕榈树的叶子呈细长放射状，的确也是可以用来做扇子的。《射雕英雄传》里郭靖、黄蓉向南帝求医，朱子柳为难他们，要他们对对子，出的上联便是："风摆棕榈，千手佛摇折叠扇。"还是挺形象的。

　　后来去海边旅游时，发现棕榈树真是无处不在。棕榈树和椰树都是棕榈科，长得确实也很像，也很容易让人想起海韵椰风的热带风情。在海陵岛看见椰树，树干也是没有旁逸斜出的斜枝。那天回酒店时很晚了，不小心迎面撞到了什么，以为撞上电线杆儿了，抬头一看，却是棵椰子树。只是椰树的叶子是羽状的，结的果子是青绿色的椰子，大如排球，比棕榈果可大得多了。

　　其实，棕榈树对我来说，也算是昔日老友了。小时候，在小伙伴小钰的院子里，也种着棕榈树。这棕榈树年龄尚幼，长得不高，伸手就可以摘到它细长的叶子。当时小钰喜欢用这叶子做各种各样可爱的小玩意儿。有一次，她手上缠绞着碧绿修长的棕榈树叶子，灵巧地上下翻动着，瞬间便折出一朵绿色的玫瑰花。我那时也学着她的样子做。不一会儿，手里便是一捧小巧的绿玫瑰。

　　那时我们特别要好，由于双方母亲也是朋友、家又隔得近的关系，我们经常到彼此家里住一段时间，同吃同睡，亲密得如同亲生姐妹。夜晚，我们躺在一张床上，悄悄说着属于少女的秘密。小床就在窗边，小城窗外浅蓝色的月光，淡淡地洒在我们青春的身体上。

　　如今小钰也在老家为人妻母了。我们也好久没有联系了。其实，近年来在时光中走失了的，又岂止她一个呢？如今交通便利，通信发达，但是彼此心灵的距离，仍然在时光流逝中越来越远。我们终于不可避免地在岁月中走散。

　　只有植物，譬如棕榈树，仍然老友般伴着我，沉淀着往昔的时光，永远不会走失。

苏铁是沉稳的墨绿色，显得庄严肃穆，而它也的确是植物中的老前辈了。苏铁是最原始的裸子植物之一，被地质学家誉为『植物活化石』。

苏铁：生而孤独

白露为霜的时节，心中忍不住涌起淡淡忧伤。小女孩的时候，我对物候就很敏感，如今年岁渐长，也还伤春悲秋。

漫步校园时，看到办公楼下一株苏铁纤长绿叶上坠着一枚露水，似是一滴清泪，禁不住为它轻轻拭去。这总是忧郁的植物呀。每到这个时节，总能看见它默默发呆，泫然欲泣的模样。

苏铁是各大校园里很常见的植物了，浓绿之色让眼睛舒服。在教学楼、办公楼前，总是少不了苏铁。苏铁叶像是孔雀的尾羽，向四周伸展开来，远远看去，像是一朵巨大的绿花。

苏铁俗称铁树，别名辟火蕉、凤尾蕉、凤尾松、凤尾草，苏铁科苏铁属。它为什么叫作苏铁呢？一说是因其木质密度大，入水即沉，沉重如铁而得名；另一说因其生长需要大量铁元素，故而名之。

苏铁生长甚慢，寿命长约 200 年，查询资料后得知，在我国长江流域及北方各地栽培的苏铁常终生不开花，或偶尔开花结实，雄球花为圆柱形，黄褐色，雌球花扁圆形，浅黄色。"铁树开花，千年一见"，便是说它开花之少了，处于热带亚热带的苏铁倒是有开花的。不过，身在南方的我好像也没有看到苏铁开花过，大约花也不是很引人注目吧。

苏铁种子大小如鸽卵，金黄色，圆环形簇生于树顶，被称之为"孔雀抱蛋"。还是挺形象的。虽然苏铁叶子纤细坚硬，但嫩叶清新，西双版纳有的少数民族还采其嫩叶做蔬菜。

苏铁是沉稳的墨绿色，显得庄严肃穆，而它也的确是植物中的老前辈了。苏铁是最原始的裸子植物之一，被地质学家誉为"植物活化石"。苏铁起源于古生代的二叠纪，于中生代的三叠纪开始繁盛，侏罗纪时，苏铁家族进入最盛期，几乎遍布整个地球，傲视天下，几乎没有其他植物是它的敌手。因此当时的苏铁可以说是和恐龙一起称霸地球了。

2018 年，湖南省植物园就曾经展出过德保苏铁，它保留着更多的苏铁最原始的特征，它的族群曾在地球上生存了三亿八千万年，多么难以想象的数字，人类的历史跟它的生存历史相比，简直是沧海一粟，或者连沧海一粟都比不上。

一直对恐龙时代非常好奇，中学时找过小城书店和图书馆很多相关的书看，一度也动心想报考古生物学专业。假如真有时光穿梭机，穿越到恐龙存在的侏罗纪、白垩纪、三叠纪，会以为自己来到了一个陌生的星球吧。落日辉煌之中，有着尖齿和巨尾的霸王龙目露凶光，如同小山一般庞大的梁龙缓缓移动着，如同蝙蝠放大版的翼龙纷纷滑翔过天空……彼时，这个星球之上，因为氧气过于充沛的原因，还存在着各种巨大的昆虫和茂密高大的蕨类植物，同时，还存在着如孔雀尾羽一般的苏铁，以及水杉、银杏等现在还在地球上生活着的古老植物。

苏铁和恐龙有着亲密的联系，并不仅仅只是存在于同一时空而已。曾经有科学家在恐龙的化石中发现了苏铁的种子，也就是说，恐龙会食用苏铁的种子，同时帮助它们传播繁衍。如果穿越到恐龙时代，可能会看见各种食草恐龙流连在苏铁之侧，神态安详地咀嚼着苏铁。但由于其他小型哺乳动物有可能会细细啃开种子外壳，吃掉胚芽，因此苏铁会针对性地释放毒素，导致小型哺乳动物无法食用它，而能帮助它们传播种子的恐龙则对它的毒素浑然不觉，且甘之如饴。动物中的霸主和植物中的霸主居然惺惺相惜，古生物界也是奇妙呀。

到了白垩纪时期，由于被子植物开始繁盛，苏铁才逐渐走向衰落。这个时候又发生了白垩纪生物大灭绝事件，曾在地球雄霸一方的恐龙彻底灭绝，苏铁身畔再也没有了恐龙的身影。第四纪冰川来临，北方寒流南侵，苏铁科植物大量灭绝，只有部分苏铁科植物幸免于难。

因此，苏铁会感觉自己生而孤独吧。这就是它总是忧郁的原因吗？它的亲人和朋友已经纷纷消逝在时间的尘埃之中了，它遭遇过太多的分离。而在现在的星球上，它也不再有昔日植物霸主的风光了，只是被人类用作绿化的平凡小植物。而且，它曾经辉煌的历史也少为人所知。它虽然外表看上去依然年轻，但是灵魂已经与漫长岁月一同老去了。

中午有时我会坐在芦苇丛中，静静地听轻风拂过芦苇时的窸窣之声，好像那调皮的风儿要告诉芦苇什么秘密似的。能听很久很久，听到最后都要睡着了。

芦苇：蒹葭苍苍

　　在湖南中医药大学开了一门"中医药与文学"的公共选修课，主要面对大一、大二的同学。学生们很喜欢。有一个大二的女孩子给我写了一段话："想起之前看到的武大文学院老师第一次上课所说的话：我会给你们两次逃课机会，一定会有什么是比上课更重要，比如，楼外的蒹葭，或者今晚的月亮。我想，大概老师您也是这般可爱的人吧。"

　　这位女孩子的话，却让我不由得思绪万千。楼外的蒹葭，今晚的月亮，这美妙的逃课理由，令我忽然想起了家乡小城的芦苇。

　　家乡小城是水乡，素有"湘阴泽国"之称。我家就住在湘江边，每天都可以走路去水边吹风。小城不仅有小湖，有大河，水塘也很多。水塘边摇曳着很多芦苇，秋天芦花开的时候，便如平平铺了一层轻雪。

　　春天里，芦苇还青嫩的时候，我会和小伙伴香儿以及香儿的弟弟小智一起去水塘捉蝌蚪。其实捉蝌蚪特别简单，就是带一个稍微大点儿的铁缸子或者瓷缸子，去水塘里舀。池塘里的水很清澈，能看得到逗号般的小蝌蚪急匆匆地游来游去，像动画片里说的那样在找妈妈一般。小蝌蚪很多，又傻乎乎的，也不会逃，随便一舀便能舀上许多欢快的小逗号来。

　　捉小蝌蚪，小智是主力。为了防止滑入水塘，他就得一手牢牢抓着岸上的芦苇茎秆，一手轻轻舀过塘水，然后再拉着瘦瘦的芦苇茎秆回到岸上。小蝌蚪在缸子里仍然游得欢，只是缸子太小，它们不免老是打转转，有几分彷徨无措的样子。我们围着看了一阵儿，有时候会摘一根细细的芦苇秆子伸入缸子逗逗它们，有时也会忍不住抓住一只小蝌蚪提上来。

小蝌蚪真不是一般的滑溜呀。黑色的小逗号在小孩子手心里扭上几扭，弄得痒酥酥的，便又迅速滑回到了缸子里，"扑通"溅出一朵小水花，倒是惹得我们都咯咯笑了起来。看看时间要去上学了，我们就把缸子里的水连同小蝌蚪在一起倒回水塘之中。我们想着，不久之后，等小蝌蚪长成小青蛙，这水塘里可就热闹了。

果然，下了几场雨后，雨声里就开始有了活泼泼的蛙鸣了。这就意味着夏天到了。雨后的泥地酥软得很，夜晚的蛙鸣忽明忽暗。若是路过听到蛙鸣之声，我总要怔怔地出一回神，然后便有隐隐的惆怅与忧伤浮上心头，却不知道自己在惆怅和忧伤些什么。

秋冬暖阳颇有几分松脆流美之感，像是薄薄的曲奇饼。这样的阳光照在水边如雪的芦花上，也如一个柔软的梦境。在小女孩的眼里，芦苇纤细修长，又毛绒绒的，像是马尾巴一般，比经常在草地里玩的狗尾巴草好看多了。于是，也会摘一把芦苇，擎在手里玩耍。芦苇细细的绒毛不小心贴到小女孩的嫩脸，会有微微的刺痛之感。

中午有时我会坐在芦苇丛中，静静地听轻风拂过芦苇时的窸窣之声，好像那调皮的风儿要告诉芦苇什么秘密似的。能听很久很久，听到最后都要睡着了。

那个时候，小城的中午很安静，树下的芦苇丛很阴凉，低低伏着的阴影，如同一只一只温柔的小兽，而我就躺在小兽身边。闭上眼，我能听到很多细微的声音，除了风拂芦苇的声音外，还有芦花轻轻飘坠的声音、蜻蜓薄翅擦过空气的声音、鸟儿翅膀扑腾在阳光中的声音，水波细细漾动的声音……于是，整个人便深潜到这美妙而柔微的声音海洋中去了。

不知过了多久，香儿过来叫我一起去上学。我如从梦中惊醒，揉揉眼睛，爬起来背着书包就走，留下一片芦花在柠檬般的秋阳中继续摇曳。

后来我看英国作家格雷厄姆所写的童话《柳林风声》："他把耳朵贴近芦苇秆时，有时会偷听到风在芦苇丛里的窃窃私语。"不禁觉得特别亲切，这不就是我小时候也做过的事情嘛。

那时的日子真是风烟俱净。日子蓬松而馨香，都不过是世间小儿女的明净欢喜。

在《诗经》里，芦苇是和缥缈温柔、可望而不可即的爱情联系在一起的。芦苇又叫蒹葭，蒹是指没有长穗的芦苇，葭就是初生的芦苇。那首《诗经》里最著名的《蒹葭》，便是以蒹葭即芦苇起兴的，来低低歌咏朦胧扑朔，可望而不可及的爱情："蒹葭苍苍，白露为霜。所谓伊人，在水一方。溯洄从之，道阻且长。溯游从之，宛在水中央。"蒹葭这个名字，真是美得令人心痛。

小时候还读过一首很有意思的咏雪小诗，赞雪如芦花，芦花如雪："一片两片三四片，五片六片七八片。十片百片千万片，飞入芦花都不见。"《红楼梦》中有芦雪庵，"荻芦夜雪"就是指的芦雪庵的景色，月光下飘着的点点芦花荻花，如同新雪一般。

湘阴小城八景之一的"渔叟收筒"，也是和芦苇有着某种联系。道光本《湘阴县志》记载，晋时洞庭老人卓彦恭过洞庭，月下见有一渔叟泛舟其旁，便问他有鱼否，答曰："无鱼有诗。"然后便打起器具作起乐来，歌道："八十浪沧一老翁，芦花江上水连空。世间多少乘除事，良夜月明收钓筒。"问其名姓，不答而去。潇洒飘逸如此。

那明月下的芦苇，真是好适合武侠的意境啊。学生时代出于好玩写了半本武侠小说，主人公是一位身怀绝技的少女，她的出场，就是在皎皎明月下的湖边芦苇之旁。之所以是半本，是因为一直没写完，虽然同学们追看的不少。

如今到了长沙，长沙是山水洲城，湘江边芦苇也很多，比故乡小城的芦苇可壮观得多了，秋日江边如同伏了一朵蓬松的长云。黄昏时，落日，芦苇，渔船，江水，仿佛一幅熨帖的明代文人画。巴溪洲畔也尽是芦苇摇荡。岳麓山上穿石坡湖湖水畔也有芦苇依依，刚好和芙蓉花在一起，芙蓉花临水照影，更增娇艳，但素朴芦苇的气场竟未被淡妆美人一般柔媚的芙蓉花压过。

菱角生吃很甜，满口清爽，但是太老了就没法生吃了，只能做菜了。菱角炒肉也是我爱吃的菜。还有一种小菱角，粉粉糯糯的可爱，也可以用来炒肉吃。菱角还可以煮熟吃。

菱角：风露清愁

　　家乡在湘北小城，每年夏天的时候，清晨总有戴着斗笠或草帽的农家妇人或男子一头挑着青碧莲蓬，一头挑着铁红菱角，坐在街边卖。那些莲子和菱角都是刚刚从自家池塘里摘下来的，非常新鲜，还带着露水的清新气息。

　　小城向来安静，卖菱角和莲蓬的农人也不出声儿叫卖，就是静静地坐在路边，单把帽子扯下来扇风，自然有小孩子拽着父母的手跑上前来，眼睛定定地望着，似含了蜜糖似的黏在菱角和莲蓬上。农人便笑眯眯地取出铁秤来，称上个一斤两斤。昆明卖杨梅枸杞，苏州卖白兰茉莉，都伴随有姑娘甜脆的叫卖声，在小巷子里悠然摇曳着。小城这里卖菱角莲蓬，都是不声不响的。

　　小城的草木静，小城的人也静。是小城的静浸染了我，使得长大后的我也这么静吗？后来到了大城市之后，一度非常不习惯，不习惯这里不同于小城静默的喧闹，不习惯这里不同于小城地下清凉井水的自来水。记忆中的小城，始终浸润着一种安静的美丽。

　　莲子青碧可爱，入口甘嫩清爽，咬一口，清凌凌的。而菱角肉呢，则更是脆嫩多汁，滋味之美还要胜过莲子。它有一种很清脆的甜，就是如同珠落玉盘的那种清甜。咬一口，沁甜到了心里，满足不已。

　　菱角生得像一只微型的牛角，壳很坚硬，小孩子剥莲子是容易剥的，剥菱角却很费了一番气力。先是拗断两只"牛角"，然后便用软软嫩嫩的指甲剥皮。嫩一点儿的菱角是绛红色，还脆嫩易剥；老菱角则是铁黑色了，剥了半天剥不开，铁黑色的菱角上都是小小的半月形指甲印。小孩子终于忍不住了，直接上口了，尖尖小牙咬开那硬硬的牛角一样的壳，立马露出雪白莹润的菱角肉来。

细心的妈妈们会动手把菱角全部剥出来。光洁莹润的果肉，元宝一般，乖乖躺在青花瓷碗里，排队等着进小孩子的肚子。这样子便是很幸福的一个午后，菱角、莲子、动画片，还有从泡桐叶间漏下闪闪烁烁的阳光与细细微微的轻风。

菱角生吃很甜，满口清爽，但是太老了就没法生吃了，只能做菜了。菱角炒肉也是我爱吃的菜。还有一种小菱角，粉粉糯糯的可爱，也可以用来炒肉吃。菱角还可以煮熟吃。袁枚的《随园食单》中《新栗新菱》一篇记载："新出之栗，烂煮之，有松子仁香，新菱依然。"嫩菱角和嫩栗子一样，煮着吃会有松子仁香，美味无比。

在古诗词里，江南采菱，便和采莲一般，都伴着少女婉转清妙的歌儿。白居易曾作《看采菱》："时唱一声新水调，漫人道是采菱歌。"江南女儿皓腕凝霜雪，从清凌凌的水中捞起一只只菱角，"珠腕绳，金翠摇，桂棹容与歌采菱"，也是一幅清美得不输采莲的画。采菱女的美貌或许不如采莲女，可更多一份清灵脱俗的意味，或许是菱比莲更多一缕灵气的缘故吧。

唐代诗人崔国辅的《小长干曲》则暗含了一个满蕴情思的故事："月暗送湖风，相寻路不通。菱歌唱不彻，知在此塘中。"男子在一个幽暗的夜晚去湖边寻找自己的心上人，却遍寻不着。他听到采菱女清亮的歌声，知道她就在这塘中，然而他却不知道她到底身在何方。他立在湖边，任凉风裹了全身，痴痴地守候，痴痴地等待着。这首诗中，采菱女便如蒹葭苍苍中的秋水伊人一般，可望而不可即，"宛在水中央"，令男子心旌摇曳，怅然若失。

因为不是在乡村长大，所以没有见过水塘里菱角开花的样子。总想着，要在一个清晨，去到乡间的水塘边，去细细领略菱角花的风露清愁。等遇到菱角花的时候，那感觉，怎么说，一定很奇妙，"眼前分明是外来客，心里却是旧时友"。

每次幻想与菱角花邂逅的那个瞬间，总是会有清凉的芬芳悄悄地在心上浮起。我相信，生命中的某些邂逅，是可以在瞬间点燃生命的。待到年老时回顾一生，会忽然发现，生命的美妙之处，不过是在于有那些闪烁的瞬间而已。

以"莲"入女子闺名的很多，以"菱"入名却少。大约莲子青碧可爱，而菱角却颇有棱角个性。《红楼梦》里香菱的名字是宝钗取的，香菱自己也很喜欢这个名字。她曾向夏金桂解释自己的名字："不独菱角花，就连荷叶莲蓬，都是有一股清香的。但他那原不是花香可比，若静日静夜或清早半夜细领略了去，那一股香比是花儿都好闻呢。就连菱角、鸡头、苇叶、芦根得了风露，那一股清香，就令人心神爽快的。"曹公怜爱这个身世孤苦又充满灵气的姑娘，让她跟着黛玉学诗，终于吟出"精华欲掩料应难，影自娟娟魄自寒"的佳句，诗意审美升华了她的生命。

读《红楼梦》的时候我年岁尚小，当时有些章节还读不大懂，但觉得很有意思，满口生香。书里说藕香榭的对联为"芙蓉影破归兰桨，菱藕香深写竹桥"，也觉得意境很美。

在长沙难以买到新鲜莲子，更买不到新鲜菱角。每次回到故乡，见到街头挑着担子卖菱角和莲子的农人，我心里便觉得异常亲切，仿佛一瞬间变成了当年围着担子的小孩子中的一个。我知道，故乡从未离我远去。

莲子青青碧碧，不是那种亮眼的翠色，颜色温温柔柔的耐看。把青青碧碧的莲子放在小女孩洁白的掌心，像某种吃得饱饱的绿色小昆虫在酣睡，很是可爱。

莲子：
莲子清如水

　　莲子和菱角若真要细细比较起来，其实莲子是不如菱角好吃的，可是，会更喜欢吃莲子呢。说不出原因呢，就是喜欢。

　　喜欢是一种被美好事物吸引的感觉，难以用言语形容。如果是喜欢人的话，是因为某个人的到来，整个世界忽然被点亮，眼前豁然开朗，大放光明的感觉。喜欢是完全因为感性，不受理性控制。古语云"悦之无因"是也。我对莲子，也是如此。它不是夏天里最好吃的，可是我就是最喜欢它。

　　莲子青青碧碧，不是那种亮眼的翠色，颜色温温柔柔的耐看。把青青碧碧的莲子放在小女孩洁白的掌心，像某种吃得饱饱的绿色小昆虫在酣睡，很是可爱。有时候，看着莲子在掌心滚来滚去，也能看半天，都舍不得吃了。

　　莲子青碧的外壳是柔软的，不似菱角坚硬，很快就利索地剥去了，露出和小女孩掌心一样洁白的莲肉。把一枚圆圆的莲肉放入口中轻轻一咬，立刻觉得有了一缕清风徐来的惬意，莲肉极其甘芬，而嫩嫩的莲心则更是甜美。

　　吃莲子的时候，有时候是没有心思做其他事情的。央母亲买了莲子后，就自己带了莲子，静静地走到附近的东湖边坐下，一心一意地剥莲子，吃莲子。当时并没有刻意，但现在想来，那时小小的心里仿佛觉得，莲子要在水边吃才有意思，也是一种无意识的仪式感吧。

白日里的东湖，有一种绿野仙踪般的灵性，美得仿佛不属于这个尘世。走到湖深处，同时也是林深处，会有一种惘然的欢喜。温柔的绿色舒畅着我的眼和心，我在绿意盈盈的中间坐下，身畔浮动着绿色绸子般清凉柔软的风，风里有草木清芬。

　　我静静凝视着水面的涟漪，看久了仿佛能感觉到地球在缓缓转动。有落叶轻轻飘坠在蛋清般滑嫩的水面，仿佛是一叶小舟荡在湖心。慢慢地吃着莲子，吹着风儿，我心里觉得，这世上没有比这更快乐的事儿了。

　　夜晚也喜欢去东湖边剥莲子吃。这时的东湖，乌沉沉的树影，水波漾起微光，风轻柔地拂过树梢，细细碎碎的簌响，微细得如同婴儿的呼吸。我独自行在其中，竟然不觉害怕，只是也不敢往深里走了。越黑越深则越神秘。这个时候在水边剥莲子吃，莲子里则仿佛含进了夜晚的风露，吃起来竟更加清甜。

　　后来读到辛弃疾的小词，说："最喜小儿无赖，溪头卧剥莲蓬。"不由得哑然失笑，这不就是我们小城孩子的小时候吗？

　　又读到关于莲子的许多诗词，最喜欢的是《西洲曲》："采莲南塘秋，莲花过人头。低头弄莲子，莲子清如水。"莲子音"怜子"，是光风霁月的小儿女心思。那少女在南塘采莲，思念着意中人，于是便摆弄着掌心里青青碧碧的莲子，也是在摆弄着心中殷殷的相思之情。

　　那时年少，并不是太懂得"莲子清如水"中曼妙的情意与深沉的思念，只是觉得很美，连带也读了很多很美的关于相思与爱恋的文字。看老舍写意中人，也是温柔极了，她一双眸子，始终闪耀在他心里，"我立刻就回到那梦境中，哪一件小事都凄凉，甜美，如同独自在春月下踏着落花。"他在文末无限甜蜜而又忧伤地写道："我的烦恼也是香甜的呀，因为她那么看过我！"

　　那时最爱的是沈从文的文字吧。他在《边城》里塑造的翠翠，那样一个恬静天真的山野少女，是沈从文心中关于美的全部阐述。"我行过许多地方的桥，看过许多次数的云，喝过许多种类的酒，却只爱过一个正当最好年龄的人"。翠翠的原型之一，便是他的夫人张兆和。

　　那个时候，并不知道，他如此温柔地钟爱着张兆和，结果后来也会为女诗人高青子而心动。1941 年 7 月，沈从文写下小说《看虹录》，后来发表于《新文学》杂志。小说写的是一位作家于一个雪夜去探访美丽的女子，在温暖的室内，早已心生情愫的两人没有禁得住诱惑，而放纵自己身心的故事。这个故事据说取材于他的真实经历。虽然温柔敦厚的沈从文最终克制住了自己，并未真的离开张兆和，但童话般的婚姻毕竟有了不圆满。

"莲子清如水"的爱恋背后，其实，隐藏的是各种各样的惆怅与缺憾。难怪《西洲曲》的末尾会写道："海水梦悠悠，君愁我亦愁。南风知我意，吹梦到西洲。"

在家乡小城其实没有见过荷花，到了中南大学读大学，第一次看到南校区一池风荷，喜欢得不得了。原来，寄托着如此细腻心思的莲子，是从这样明珠美玉般的花里生出来的。在南校区食堂第一次吃到荷叶饭，那饭粒里浸透了荷叶的香气，也觉得很喜欢。莲子的整个家族，都是这么温柔可爱呀。

只是长沙能买到莲子，但难以买到新鲜莲子。有时我家先生兴冲冲地买了莲子回来，总有一半是老的，青嫩的比较少。老莲子的莲心已经苦了，无法下咽，只能把莲心取出来才能吃下去。岳麓区郊外农庄有荷塘，还可以自己去荷塘采莲剥莲，能得到最新鲜的莲子。我就曾经去过，"旋折荷花剥莲子，露为风味月为香"。

家乡小城其实也是有荷花的，不过文星镇没有。在鹤龙湖那里，就有大片的荷花，只是小时候我没去过。因为现在鹤龙湖是吃螃蟹的胜地，每年夏秋的时候，那里热闹非凡。有几处餐厅就对着一池娇美的荷花，食客们可以一边赏荷花，一边吃螃蟹。荷香蟹美，也算是人间清欢了。

荸荠：清脆的心动

和菱角、莲蓬一起被农人常带到小城路边卖的，还有紫红色的荸荠，但荸荠一般是放在篮子里单卖，不像菱角、莲蓬的担子是成对出现。有的荸荠上还带着湿润的泥土，好像刚刚才从地里挖出来的一样。

用小刀削开荸荠紫红色的薄皮，便露出里面洁白晶莹的果肉。新鲜荸荠吃起来非常清嫩甜脆，每咬一口都有甜美的汁水迸出。其美味程度跟菱角有得一拼，更要胜过莲子。莲子单吃也是极清甜的，我直到现在都很爱吃，但是和菱角、荸荠比起来的话，莲子的口感却没有它们清脆生动了，而荸荠比菱角更多一分湿漉漉的灵气。

细细地把荸荠皮都削去，棋子般放入青花瓷碗里，看起来就极诱人。得赶紧吃，荸荠不经放，只放了一放果肉便会变黄，便会没那么水灵了。

荸荠倒是到处都有卖，到了长沙之后，从夏到秋，在菜市场和超市里都随处可见卖荸荠的，买上一袋，回去削了皮吃，滋味跟小时候吃过的差不多，不像菱角和莲子，颇难以买到新鲜青嫩的。

每次吃着荸荠，唇齿间都是清新甘美的气息，不禁一时沉醉。木心写过一首简单而隽永的小诗《五月》："你这样吹过，清凉，柔和。再吹过来的，我知道不是你了。"荸荠的气息像五月的风，也像少女时代在汪曾祺的小说里读过的初次的恋爱。

中学时读书，极喜欢汪曾祺的《受戒》，主旨写的是少男少女欲语还休的初恋。汪曾祺是沈从文最出色的弟子，沈从文的文字简约，笔触氤氲着灵动水汽。让人读来心里空灵而宁静。汪曾祺虽然文学成就并没有超越老师，但也自成一派。《受戒》塑造了一个宛若世外桃源的水乡，塑造了荸荠般晶莹剔透的初恋。汪曾祺在创造手记中坦承是受老师沈从文的影响。

《受戒》里的小英子，是满蕴乡野灵气的姑娘："白眼珠鸭蛋青，黑眼珠棋子黑，定神时如清水，闪动时像星星。浑身上下，头是头，脚是脚。头发滑溜溜的，衣服格挣挣的。"而明海，是聪明能干的小和尚，还画得一手好画："凤仙花、石竹子、水蓼、淡竹叶、天竺果子、蜡梅花，他都能画。"

小说里，有我所熟悉的水乡所有的植物，有莲蓬，明海初见小英子时，她正在剥莲蓬吃；有芦苇，从荸荠庵到县城要经过一片茂密的芦花荡子，四边不见人，中间一道水路，船载着明海和小英子划到这里时，明海总是无端端地觉得心里很紧张，于是就使劲地划桨；有菱角，芦花荡子里，野菱角开着四瓣的小白花，当然也有荸荠，小英子喜欢赤了脚，在凉浸浸滑滑溜溜的泥里踩着——哎，一个硬疙瘩！伸手下去，一个红紫红紫的荸荠。除了踩荸荠，她也老是故意用自己的光脚去踩明子的脚。

在这春意盎然的大自然里，最美好的情愫悄然诞生了："她挎着一篮子荸荠回去了，在柔软的田埂上留下一串脚印。明海看着她的脚印，傻了。五个小小的趾头，脚掌平平的，脚跟细细的，脚弓部分缺了一块"，这小小的脚印将小和尚的心搅乱了。

汪曾祺的文字，平淡素朴，毫无机巧，如同刀切果蔬般爽利，然而这平淡文字竟胜过了很多摇曳生姿、活色生香的文字。在这部作品里，满是东方式的含蓄、暗示、欲语还休。小说节奏也是缓慢悠长，可是我真是太喜欢他所营造的那种属于青春的清新怅惘之情，还有那晶莹璀璨的心动时分。

这朦胧的初恋，是这样清纯、和谐，自由且优美，像是一个春日的梦。汪曾祺的确也是把《受戒》当成一个梦来写，因为这是一个永远已逝的梦，《受戒》末尾有一句特别注明的话："写四十三年前的一个梦。"《受戒》里小英子的原型，就是汪曾祺十七岁时的初恋，他曾说："小和尚那种朦朦胧胧的爱，是我自己初恋的感情……"

让文学家曾经为之心动的女子也许是幸运的,她们的美被永远地记在了文字里,永远不会老。沈从文曾经写过:"一个女子在诗人的诗中,永远不会老去,但诗人他自己却老去了。"

年少时的阅读偏好,对以后的人生有着无法预料的影响。后来,我在大学里迷上写关于青春校园的美好故事,也是受汪曾祺这篇小说的影响吧,那时,我认为青春里萌生的爱情就应该是这样,水灵灵,湿漉漉,极干净而剔透,像刚刚切开的荸荠,洁白、晶莹、纯净、璀璨,充满理想主义色彩。

而我初次的心动,也发生在大学时代。故事开始的那一瞬间,我一时恍惚,仿佛走入了自己笔下的校园小说,心中有音乐般的轻响,仿佛有一枚荸荠被悄然切开,清清脆脆的甜。

薛荔：透明凉粉

小时候，路边便有卖凉粉的摊子。卖凉粉和卖红薯、卖刮凉粉、卖羊肉串的小摊子一样，都是广受学生们欢迎的。夏天的凉粉摊更是围满了小孩子。果冻一样的透明凉粉，看着就清爽。

当时街上卖的凉粉多是用一个朴素的绿桶装的，映得桶内透明的凉粉也是绿盈盈的。天热，卖凉粉的阿姨们都坐在路边的树荫下，戴了斗笠，有时还摇着蒲扇。小城素来安静，夏日里只有蝉鸣之声，街道上多是自行车，汽车鸣笛之声也少。阿姨们也从不出声叫卖，自有小孩子围上前来，眼睛定定地盯着凉粉，用汗津津的小手递出五毛钱。

阿姨便笑眯眯地取出一个雪白的塑料小碗，用银色铁勺舀上几勺凉粉，再撒上细密的白糖，喷上透明的薄荷水，插上一个薄脆的塑料调羹——一碗清爽的薄荷凉粉就做好了。这个过程中，小孩子的眼睛始终亮亮地黏在凉粉上，直到阿姨托着这碗凉粉递给他。

小孩子们结伴走在街道的悬铃木和香樟树下，用小调羹一点一点吃着凉粉，清凉舒爽，跟吃果冻差不多，甜美甘芬的，又有一缕清凉醒脑的清香。而且，薄荷凉粉比果冻要细嫩多了，吃下去，整个人都清清爽爽的舒服，仿佛是走在下雨的春夜里，被春天的雨柔柔细细地淋湿。

自己家里也做过这种薄荷冰粉。妈妈看我极喜欢吃，又听说其他同学的妈妈有做成功了的，于是决定自己试试。

妈妈做凉粉的时候，我就在一旁静静看着，只见妈妈把凉粉籽用干净纱布细细包上，在盆里用水反复揉搓，揉着揉着，盆里的凉粉水会渐渐凝固成晶莹剔透的胶状。当时不知道这是为了挤出里面的果胶，只觉得真是神奇啊。那时家里还和睦，妈妈还是个快活的喜欢唱歌的人，有时候一边揉搓凉粉籽一边轻轻地哼着歌。我在一边静静看着，小小的心里便轻轻浮起云朵一般蓬松的幸福感。

凉粉水凝固之后，便是凉粉了。这时候便可以用勺子舀出来放在青花瓷碗里吃，也照样撒上白糖，喷上薄荷水。不比外面的差呢。

长大后，到成都去旅游，有吃过那里的红糖冰粉，其实也是凉粉。只是这凉粉放的不是白糖和薄荷水，而是红糖，所谓红糖冰粉，跟我们这边的口味大不一样。我们这边便是薄荷凉粉，每一口都衔了一缕清凉之意；而红糖凉粉，则是纯然的甜了。

在绍兴旅游时，在一个小店里吃过木莲羹。店主在木莲羹上撒了一些桂花，使之更加甜香。边吃边觉得跟小时候凉粉的味道一模一样。怎么会不一样呢？当然一样啦，凉粉本身就是木莲做的。木莲籽就是凉粉籽啊。这种豁然开朗、如逢故人的感觉真好。

还是更喜欢木莲羹这个名字。清雅柔和，更配它。而木莲还有个更浪漫好听的名字，叫作薜荔。

第一次知道薜荔，是在《楚辞》里，屈原笔下的山鬼"被薜荔兮带女萝"，山鬼以薜荔为衣裳，顿时有了"风为裳，水为佩"的清灵之感。唐代柳宗元诗中也有"惊风乱飐芙蓉水，密雨斜侵薜荔墙"，芙蓉临水照影，薜荔缘满墙壁，斜风细雨之中，这两种浸满诗意的植物都有不可言说的美丽。

后来看《红楼梦》时，发现薜荔也经常出现，而且和女萝一起出现。宝玉所作《蘅芷清芬》中便有："蘅芜满静苑，萝薜助芬芳。"大观园中宝钗所住的"蘅芜苑"里的许多异草，或有牵藤的，或有引蔓的；或垂山巅，或穿石隙，甚至垂檐绕柱，萦砌盘阶；或如翠带飘摇，或如金绳盘屈；或实若丹砂，或花如金桂，味香气馥，非花香之可比。宝玉说这些植物之中也有藤萝薜荔。湘云所作的《咏白海棠》诗其二中第一句"蘅芷阶通萝薜门"。

读书之时，只觉得薜荔飘逸超绝，犹如世外仙姝，原来薜荔便是木莲，感觉距离一下拉近了好多。便像是那个遥不可及、光芒四射的明星，卸下妆之后，露出洗尽铅华的一张素脸，便让人惊喜地发现，原来，那是温暖亲近的幼时女伴。

后来在湖南省植物园见到木莲，和荷花玉兰长得好像，雪白花瓣片片丰腴肉质，清雅绝俗之感，开花的时间也差不多，都是在四五月的初夏时分。木莲是木兰科木莲属的，跟所有木兰科的植物一样，拥有着丰腴肉质的花瓣。唐朝诗人白居易认为它生得很像荷花，只是花房与花蕊有所不同，他曾作木莲诗，并作序道赞它："花如莲，色香腻皆同，独房蕊有异。"他在诗中称赞木莲的美貌与高洁，又叹息它因居于深山而不为人知："几度欲移移不得，天教抛掷在深山。"

木莲又叫山厚朴，厚朴也是木兰科植物，木莲跟厚朴自然是亲戚。但木莲是乔木，高可达 20 米，木莲还有一个名字叫作野茶花，大约是因为它的花容之美可以媲美茶花了。

木莲以果、树皮、根皮入药，据《全国中草药汇编》，木莲可止咳，通便。《湖南药物志》言其"清热解毒、祛湿利尿"。《本草纲目》说"木莲果可豁心胸"。

三色堇：婉转戏台

早春二月，在橘子洲头看美人梅的时候，忽然注意到了花坛里的三色堇。这三色堇外缘滚着一圈儿紫色，花心也是紫色，花瓣则是素白，抹着一痕鹅黄，犹如戏台上的一张老生面。

忍不住微笑起来，我想起三色堇还有一个名字叫作人面花，确实是像一张人面呢，却是戏剧中的人面。

有多少年没听戏了？自从来了长沙，再也没有接触过了。但在家乡小城的时候，尤其是小学时候，是经常听戏的。因为外公便是喜欢花鼓戏的。

外公年轻时有着一手好文笔，因此外婆一直很崇拜外公。外公还曾经博得过"岭北一支笔"的美誉，因为他无论写什么都又快又好，岭北是指当时湘阴北部的岭北区，包括茶湖潭、铁角嘴在内的五个乡镇。不过在小小县城，他并没有什么发挥的平台。多是有人慕名前来，请他去给去世的人写悼文，外公问明情况后，往往不假思索，一挥而就，来人道谢后便小心翼翼地携文而去。外公写的悼文真切哀戚，句句动人，听妈妈说那真是听者伤心闻者流泪，往往是念完悼文之后众人齐齐大放悲声。

然而外公真正感兴趣的，是写花鼓戏。

在他当中医把儿女们都养大后，他决定来重拾自己的爱好了。于是，他便用自己的积蓄搭了一个戏班子，请了一班子演员，自己写戏，还偶尔上台客串演戏。

犹记得在外公家所在的小巷子搭台演出的戏班子，花旦眉梢眼角都是风情。那时，只要小巷子里一演戏，我便赶紧跑到小杂货铺买了薄荷糖、陈皮丹等喜欢的小零食，和一群小伙伴们坐在戏台下，聚精会神地看。

其实太小，也看不懂什么，只是看个热闹。不过有时竟也看得如痴如醉，觉得唱腔很有韵味。只觉那花旦戏曲扮相意外好看，眉目含情，婀娜多姿，一抬头，一甩袖，姿态十分美妙。还有那武生翻跟头身姿极其矫健，每次连翻之时，总是博得满堂喝彩。小孩子就爱看翻跟头。有的小男孩还跟着在台下翻，惹来一片笑声。

台下自然老人家居多，外公就是其中最认真的一个。每次听戏，外公总是眯缝着眼，手指有节奏地轻轻打着拍子。在中药铺忙碌的外婆偶尔会出来给外公送上一碗芝麻豆子姜盐茶，也陪他看上一阵儿。

小孩子们看得嘻嘻哈哈的，看老人家在台下听得摇头晃脑，十分惬意，于是自己也跟着摇头晃脑。看着看着，就跑出去玩了，玩儿累了，又跑回来看戏，又继续学着老人家的样子，随着戏班的节奏摇头晃脑。

小城的年轻人那个时候其实已经不怎么看戏了，戏班子吸引的人，除了外公的患者和粉丝外，就是我们这些看热闹的小孩子们了。

过了两年，外公的戏班子终于搭不下去了。前两年外公外婆看病赚的钱，全部填补了戏班子的亏空。虽然外婆对这些并不在意，支持外公追求自己的爱好，但外公还是决定关闭戏班子了。

毕竟，爱好不能当饭吃。外公深深明白这一点。他器重的大儿子——我的大舅，也是从小一手好文笔，但是最终也从了医，但写诗的爱好大舅是一直坚持下来了，成为一名被病患交口称赞的好医生，同时也成为一名被医术耽误的业余诗人。

外公也一直属意我学医，我虽然没学医，但学了经济学，也是受外公经世致用的人生哲学之影响吧。在追求爱好与梦想之前，首先要意识到生存与责任。

不过，开戏班子那两年，大概应该是外公过得最快乐的两年了。人活着，最开心的还是干自己喜欢的事情。他凝视着台上的悲欢离合，脸上都是满足的笑意。那时，他已经满头白发。外公一生操劳奔波，又思虑过度，头发白得早，五十多岁就已经是根根银发了。

时光荏苒，一切都变了。在我高三那年，外公因肺癌去世了。我渐渐长大，离开家乡小城，去了省城长沙。再回来时，已经没有人再在小巷子里搭戏台子了，而县城小剧院的戏台子上也许久没有人唱戏了。

鲁迅的《朝花夕拾》是我的枕头书之一，每一次读都会读出新鲜的意味来。里面有一篇《社戏》，是中学课本里学过的内容，讲小伙伴们一起在江南的夜晚去看戏的经历。少年时读这篇的时候只觉有趣，然而十几年光阴过去，我也已成家立业，再读《朝花夕拾》里的《社戏》的时候，分明读出了那种眷恋而又温柔的意味。

去年，有个高雅文化进校园的活动，正是京剧。坐在台下，看着台上演员精致的扮相，流畅的举动，像是一枚枚行走中的三色堇，有恍若隔世的感觉。

小城姑娘时的岁月呀。

韭菜：夜雨剪春韭

童年时代，觉得姑姑真是这世界上最美丽的女人。

印象中，年轻时的姑姑总是长发飘飘，穿着翩然的长裙，很有 20 世纪 80 年代复古明星的那种感觉。姑姑擅长画画，尤其是素描，能画出非常立体的大卫头像。姑姑也喜欢写诗，订了很多《星星诗刊》。她托着头持笔沉思的样子，也很像是一首诗或者一幅画。

那个时候，县城里的女人们闲暇时基本上都是打毛线或者打麻将，而姑姑是画画和写诗，太特别了。那时不知道姑姑这种特别如何形容，只是觉得很喜欢看她，长大后我才知道，那应该叫作文艺范儿。

在奶奶家住过一段时间，姑姑来照顾我。那个时候不爱吃饭，爷爷做了一桌子菜，我都不怎么动筷子。姑姑便把菜一一夹给我。我摇头，姑姑微笑说："想不想头发变长呢？"

小女孩摸摸自己又细又薄的头发，再看看姑姑肩头乌黑的小瀑布，当然很想拥有像姑姑那样浓密的长发了，赶紧点点头。姑姑眨眨眼睛，笑着说："多吃韭菜，头发就长得像韭菜那么长了。"说着，便夹了一筷子碧绿的韭菜给我。

爷爷做菜的时候，我溜进去看过，韭菜的确是长长的像头发一样。姑姑说的总不会错。于是，挑食的小女孩就乖乖地吃着韭菜，梦想着有朝一日也能变得长发飘飘。

韭菜鲜甜清嫩，越吃越香。吃着吃着，就爱上了，长大以后也爱吃。韭菜春笋、韭菜春卷、韭菜炒鸡蛋，都是家常温馨的美食。杜甫诗有云："夜雨剪春韭"。一个"剪"，用的真清新。在夜晚春雨中剪下来的韭菜，一定是鲜嫩清甜之极了，吃起来会让人通体舒畅。韭菜也必须是趁它最嫩的时候吃，老了以后，吃起来就没有那种鲜甜清爽的甘芬味儿了。

后来才知道，韭菜的确具有补肾温阳、益肝健胃、行气理血等功效，但是其实是没有生发固发等功能的。不过这也没什么，我依然爱吃韭菜。

而且，我也像姑姑一样，开始喜欢上画画和写诗，常常一个人在房间里画画写写，独自沉醉在自己的世界之中。那是一个和大自然中的花草息息相通却又有所不同的世界。在那个世界里，心灵可以超越于世俗之上，不受约束，自由飞翔。

姑姑也是因为有了那个世界，所以才无视于小城里的眼光和议论，舒舒卷卷地过着自己的日子，并未因为年龄渐长的压力就紧张地把自己嫁掉。有了那个心灵世界，会觉得人生之中，有意思的事情太多了呢，如果不是自己喜欢的人，喜欢的事，为何要去接触接受呢？即使是自己独自一人，也可以活得丰沛又自在。

后来姑姑终于出嫁了，姑父是她的同学，一个英俊沉静的年轻人。姑姑和他的结合，很是浪漫也很是波折。追求者众多的姑姑，很清醒地明白，自己要的究竟是什么，熬成大龄青年也拒绝任何将就。最后，她终于等到了真正属于她的爱情。婚后，两人生了个清清秀秀的女儿，生活很是温馨圆满。

姑父不仅英俊，而且非常能干。他白手起家创业，因头脑灵活又眼光独到，加上勤奋肯干，最终创下殷实身家。他把女儿送到英国读书，在上海和长沙都为她买了房子，让她快乐无忧地度过童年、少年以及整个青春时光，让姑姑可以放心地到处旅游，享受人生。这是心高气傲但又完全不具备投资能力和创业实力的父亲所无法比拟的。父亲是直接把家里的钱都败光了，还欠下外债，令家道中落，多年举步维艰。父母感情最终破裂，这是最大原因，贫贱夫妻百事哀。

我终于长大了，离开了家乡小城，来到了长沙。我的确有了一头像姑姑一样极乌黑浓密的长发，也有了相似的面容和眼神。婚后，先生跟我一起去过姑姑家看姑姑，出来后，他对我说："你长得像你姑姑。"

不由得微笑起来，这是小时候幼稚的理想吧，想成为姑姑那样文艺范儿的美人。

可是我并没有心思去关注外在了。从上大学起，我便一直都忙忙碌碌着。生活总是艰辛，人生诸多磨难，而我相信，一切艰难终会过去，只要努力而认真地生活。而到如今，经过多年努力之后，终于轻轻松了口气。

现在，姑姑已经快六十岁了，还是很美，头发虽然鬓有星星，但依然浓密如韭菜。生活的富足与内心的滋养让她美了一辈子。

扁豆花就像是美国小说《飘》里面的梅兰，生得小巧柔弱，却善良、宽容而坚韧。平素里温温柔柔与人友善，但在强敌来袭时也可以撑着刚生产完的虚弱身体毅然举起军刀去帮帮思嘉。

扁豆：嫁给有情郎

　　外婆家的顶楼上，有外婆自己开辟的一个绿色庄园，种着好些果蔬，如橘子、南瓜，丝瓜，辣椒、扁豆、马齿苋之类。而这些果蔬，开出的花也是美的。

　　最美的是扁豆开的花。外婆架了一个藤架，扁豆花开了满架。扁豆花有紫红、白色两种，外婆家的扁豆花是紫红色的。这小花真是惊艳，像是什么呢？就像小小的蝶翼一般。豆科的花，长得都像小蝴蝶。紫红色搁在别的花上是娇柔梦幻，但是在扁豆花上，却是明亮而安定的。扁豆花瓣丰腴，花色并不是纯色，而是有着生动的变幻，花瓣边缘是深紫红色，而底端则隐隐泛着白瓷一样的柔光，这使得一朵普通的小花儿有了霞光的轻盈与曼妙。

　　扁豆的花期很长，从春到夏，从夏到秋，每次回外婆家，都能看到它。即使是秋深，别的花儿都已凋落，扁豆花也依然开得正高兴，架上满满的都是秋风里盈盈欲舞的紫红色小蝴蝶。扁豆花就像是美国小说《飘》里面的梅兰，生得小巧柔弱，却善良、宽容而坚韧。平素里温温柔柔与人友善，但在强敌来袭时也可以撑着刚生产完的虚弱身体毅然举起军刀去帮郝思嘉。

　　若是于秋日温淡阳光中见到满架粲然微笑的扁豆花，真是能瞬间点燃视线。若是下点小雨，扁豆花光洁的花瓣上则闪动着星星点点的水珠，莹洁动人。但雨后扁豆花是没有悲伤的感觉的，不像雨后的海棠花一般，娇娇弱弱，如同美人泪光闪闪，叫人看了就心疼，恨不得给它撑起一把小小的伞来，让它免受风雨侵袭。扁豆花有一种天生的温厚之感，叫人看了便心安。雨后的扁豆花便如刚刚劳作回来的农家少女，额上沁出细密汗珠，脸上带着满足的微笑，是乡野怀抱中所锻炼出来的健康自然、充满朝气之美。

扁豆花会结出小扁豆。刚刚结出的小扁豆很可爱，鼓鼓囊囊的，形状如一弯新月。再过些时候，扁豆就完全成熟了。

有一年十月里，外婆从故乡小城到长沙来，特意带了自己种的嫩扁豆过来。我把扁豆切碎，炒熟，端上饭桌。夹起一筷子清炒扁豆吃，只觉平和醇香。扁豆和扁豆花一样，都是不带任何攻击性的温和气质。而它还具有健脾化湿、消暑解毒的功效，是药食同源的佳品。《红楼梦》里黛玉所喝的解暑汤"香薷饮"，就是一剂以香薷、厚朴和白扁豆组成的方剂。

豆科植物大多美貌惊人，而果实的滋味却又是平和甘美。这跟辣椒形成了强烈的对比，辣椒花生得内敛清秀，而结出的果实辣椒却是辛辣呛人。《安徒生童话》中《蝴蝶》写一只蝴蝶在花里寻找对象，认为豌豆花最逗人爱："她有红有白，既娴雅，又柔嫩。她是家庭观念很强的妇女，外表既漂亮，在厨房里也很能干。"这跟扁豆花也是类似的。

扁豆花有点像容貌清丽秉性温和的女子，幸运地嫁了一个温暖的有情郎。在婚后善意和谐的氛围中，时间仿佛被糖果粘住了，走得很慢，却很丰盈。正因为温柔相待了，她便一直美下去，散发着柔和温静的气息。虽然不再是青涩单纯的少女，心底仍保有一份纯净。辣椒嫁人不尽人意，于是便泼辣蛮横起来，已经不复昔日娇女模样。女人的心性和相貌，与她的生活有很大关系。

清代郑板桥曾经手刻一幅对联："一帘春雨瓢儿菜，满架秋风扁豆花。"他中了秀才后，因家道中落，无以为继，后到小城兴化避债读书。安丰大悲庵住持老僧法树因欣赏郑板桥字画，便邀其一同来安丰。郑板桥每天与法树秉烛夜谈，说诗论画，日子虽然清贫，但充满意趣。彼时郑板桥见大悲庵菜圃内满架扁豆花在秋风中开得正艳，于是便挥笔给大悲庵圃门赠了一联，正是"一帘春雨瓢儿菜，满架秋风扁豆花"。秋风中温文宁静的扁豆花，恰如他此时安贫乐道的心情。

《板桥家书》中也有写："天寒冰冻时暮，穷亲戚朋友到门，先泡一大碗炒米送手中，佐以酱姜一小碟，最是暖老温贫之具"，扁豆花给人的感觉，也是暖老温贫，它总是宁静的，温暖的，就像炒米酱姜，给人以亲切和家常的温馨。

豌豆：豌豆上的公主

外婆的绿色庄园里，有一年种了豌豆。豌豆茎秆和枝条柔软细长，触须小巧可爱，它是攀缘植物，需要攀缘物体蜿蜒而上，它的名字，也因此而来。

豌豆和扁豆是亲戚，都是豆科植物，豌豆花和扁豆花长得也很是相似，小小的蝶形花冠，像袖珍版的蝴蝶兰。豌豆花常见的有紫红和粉白，也有蓝、董紫及深褐色。

豌豆花色彩极明丽，是要美过扁豆花的，因其出众的美貌，豌豆花还会被作为盆栽或者地被的观赏植物，摆脱了蔬菜的命运。它具有比扁豆花更为浓郁的芳香，这芳香还具有松弛神经，放松心情的作用。

《安徒生童话》的《蝴蝶》里写一只蝴蝶在花儿里寻找对象，认为豌豆花最逗人爱："她有红有白，既娴雅，又柔嫩。她是家庭观念很强的妇女，外表既漂亮，在厨房里也很能干。"这对豌豆花的夸奖真没夸错呢。

剥开长长的豆荚，便有七八颗圆圆的小豌豆跳跃而出，落在白色瓷碗里，叮叮咚咚的仿佛"大珠小珠落玉盘"。拾起一枚豌豆看，只觉翠绿欲滴，如一汪盈盈碧水，且有一种非常清新的气息，如同新生儿一般，让人觉得有满满的希望之感。

春天里，清炒一碗豌豆，一粒粒细细地吃着，唇齿间满是清脆甘润的滋味，便会觉得特别的清爽，特别的满足。豌豆的滋味之美，是要超过扁豆的。

豌豆苗、豌豆荚以及用豌豆制成的豌豆黄，都是人们喜爱吃的食物。豌豆虽然充满着中国式的温厚，但却不是中国原产的，它原产于西亚和地中海沿岸，大约在唐代引入我国。

在小时候读过的《安徒生童话》中，还有一篇意味深长的《豌豆公主》。一位王子想找一位真正的公主做妻子，可是他走遍了全世界，也没有找到。一个暴风雨的夜晚，一位姑娘敲开了王宫的大门，她的衣服全湿透了，长发散乱地贴在脸上，样子非常难看。可她说她是一位真正的公主。

许多人都不相信，王后决心验证一下。她走进卧室，在床上放了一粒小小的豌豆，然后把二十床垫子和二十床鸭绒被压在豌豆的上面。最后她把那位姑娘领进了卧室，让她好好睡上一觉。

第二天早晨，大家问姑娘休息得怎么样。姑娘说："啊，不舒服极了！我差不多整夜都没有合上眼！天晓得床下有什么东西？有一粒很硬的东西硌着我，弄的我全身发紫，这真怕人！"于是，人们便都知道她是真正的公主了。那粒小小的豌豆是被压在二十床垫子和二十床鸭绒被底下的呀，可她居然能感觉出来，假如不是真正的公主，能有这么娇嫩的皮肤吗？

于是，王子便娶了公主。这粒豌豆因此也送进了博物馆。如果没有人把它拿走的话，人们现在还可以在那里看到它呢。

读到这篇童话之时年龄太小，只是觉得有趣，并未多想，长大后才发现安徒生其实另有深意。隔着厚厚的垫子和鸭绒被，依然能感觉得到一颗小小的、硬硬的豌豆，这得是多么纤细敏感之人呀。纤细敏感之人，注定会比一般人感知到更多不为人知的生命细节与人间美好，因此灵魂会超逸于凡俗之上，这也是为什么安徒生会称之为公主。

可是，活得过于粗糙钝感，便难以发现生活中的细微之美，但是过于纤细敏感之人也注定会比一般人感知到更多痛苦，寻常人们不过以为是轻风细雨，而在他们那里也许不亚于一场山呼海啸。就像那娇嫩的公主，隔着层层保护，居然还会被豌豆伤到呢。这也难以被一般人理解，除了同样纤细敏感的王子。王子想寻找公主，难道不是为了寻找到有同样特质的同类吗？

人生呀，是钝感地幸福，还是敏感地忧伤呢？

栗子：夜晚的香甜

岳麓山上有好些棵栗子树，毛栗、板栗都有。毛栗树在穿石坡湖附近的茶园下山处的小路上，因为爬山时经常去穿石坡湖，所以很熟悉了。板栗树则在岳麓山北门上山的路上。

栗子还未熟的时候，青青的带刺的果子挂在树上，像小小的刺猬趴在上面一般。还有顽皮的人去打栗子。实际上，栗子是不需要打的，成熟了栗子自然会从球刺里掉下来。当栗子掉落一地时，便可以去捡了。运气好就捡上满满一兜，带着满满的成就感一脸欢喜地回家，用水煮了，就很好剥皮了。

但是当年在故乡小城，我们经常吃的是糖炒栗子，生栗子反而吃得少，也没有上山打栗子的经历。只有初中时的同桌灿儿送过我一个毛栗，是她在她老家的山上采的。

那时只见过板栗，初次见到这小巧玲珑的圆圆毛栗很是新奇，把它收在了抽屉里，过了大半年去看，还是光滑圆润，像个小饰品。

家乡小城糖炒栗子，炒的都是半月形的板栗，没有圆溜溜的毛栗。到了长沙之后，这里的糖炒栗子倒是两种都有。那些糖炒栗子对于年少时的我来说，也的确是夜晚的香甜，是放学路上的惊喜。

糖炒栗子的小摊并算不得多，至少没有烤红薯多。秋冬傍晚，天黑得早，于青灰色的马路上，高大的香樟树和梧桐树下，总有静静亮着小灯氤氲着热气的推车小摊。小摊上，栗子被炒得裂了口儿，像是胖墩墩的小孩儿在笑。

糖炒栗子很香，温暖甜蜜的香，像是一家人坐在一起其乐融融的画面。放学路过时，我总要忍不住停了脚步，深深地闻着，眷念着那香气。栗子上的热气腾腾地冒了上来，朦胧了人的面容，恍惚间有回到过去的错觉，回到一切都还没有分崩离析时的美好时光。

有时，我也会用零花钱买上一纸袋的糖炒栗子。糖炒栗子油汪汪的，油浸透了纸袋，半透明状的油渍晕染开来。

寒风中，手里捧着一捧热乎乎的糖炒栗子，加快脚步向家的方向赶去。闻着那香气，忽然就觉得异常满足，会忘记很多悲伤的事情，也会记起很多温暖的事情。心里，一点点的丰盈起来。

回到家中，便盘腿坐在窗下，一心一意地吃着米黄色的甘香栗子。而过去，则是一边看着动画片一边吃着糖炒栗子，无忧无虑，不知道童年时光会倏忽而逝，不知道父亲会永远离开我和母亲。

看着窗外街道旁悬铃木光秃秃的灰褐色树枝在冷风中瑟缩，只觉唇齿间那温暖的甜美让整个冬季都变得温柔起来。

长大后，回想起童年时放学路上的那种期待的心情，依然会觉得好温暖。便如初次的恋爱一般叫人心中恍惚，然而又踏实而安全。

后来离开小镇，到了长沙上大学，也会看到路边不少糖炒栗子的摊子。工作后，常和同事小艳边走边一起分享这温暖的甜美，谈着女孩子永远也说不完的心事。在她新租的房子里，两人边吃着热乎乎的糖炒栗子，边一起用手提电脑看科幻大片。后来小艳为了爱情去了上海，和同是湖南大学毕业的男友结婚了。各自有家庭和工作，又身居异地，我们就联系得很少了。只是偶尔问候，温暖依旧。

现在也爱吃糖炒栗子。只是现在买的糖炒栗子总觉得太过甜腻，吃得也就少了，宁愿吃一些清淡的水煮栗子。

有糖炒栗子的时候，没有寒冷和忧愁。仿佛岁月从未被辜负。

光明草其实就是狗尾草，并不知道，它还有这么好听的名字。它属禾本科、狗尾草属一年生草本植物，又名阿罗汉草、稗子草。

光明草其实就是狗尾草，并不知道，它还有这么好听的名字。它属禾本科、狗尾草属一年生草本植物，又名阿罗汉草、稗子草。

植物中用动物尾巴命名的还有狼尾草、兔尾草、鼠尾草，等等。狼尾草又叫作大狗尾草，长得跟狗尾巴草很像，也叫光明草。所不同的是狼尾草是紫穗，另外狗尾草是一年生，狼尾草是多年生。兔尾草则是像兔子尾巴一样短小而毛茸茸的草，不像狗尾巴草那么长，绒毛雪白柔软，十分可爱。

鼠尾草则是十分美丽的香草，花蓝色至蓝紫色，可以用来提炼精油。我没有见过鼠尾草，查了一下，果然湖南是没有鼠尾草的。鼠尾草主要生长在浙江、安徽的南部地区，原产地也在欧洲。

看到一幅摄影照片，是在山上拍的，一根弯成弧形的狗尾草，正好温柔地覆盖在浑圆的夕阳上面，像是美丽的眼睫毛。查了查，这种狗尾巴草还不是普通的绿色狗尾草，名字叫作金色狗尾草，有着金黄色的绒毛，远望犹如笼了一层金色光晕，比普通狗尾草的颜值要高。

其实晨光中的狗尾草也是很美的。夏日的一个早晨去药植园散步，见到小径旁的一丛狗尾草，好似女孩子蓬松浓密的眼睫毛。狗尾草又叫作光明草，它的花语是"暗恋"，仿佛初涉爱河时那怀着憧憬、带着喜悦，又有点不自信的小姑娘。

狗尾草的生命力很强，生于荒野、道旁。校园里这种草儿也很多见。因此它的花语是"坚忍"。狗尾草的另一个花语则是不被人了解的、艰难的爱——暗恋。是啊，这么不起眼的小草，它要是爱上了另一朵美丽的花，那爱情之路，该有多崎岖啊。想到这里，真是替它忧伤了。

小女孩的时候，自然是极喜欢狗尾草了，在隔壁的小花园里，坐在草地上——现在也知道了那草地上的草有个十分接地气的名字叫作狗牙根——用狗牙根编成一个草戒指，然后在戒指上，再缠绕上一根狗尾巴草。那么在戴上草戒指的时候，伸出手来，便立着一根毛茸茸的小草，很是有趣。

如果是两个小女孩，都戴着有狗尾巴草的草戒指，她们还可以在一起头碰头地用狗尾草斗草，看谁戒指上的狗尾草先掉。只要谁的狗尾草掉了，两个人定是咯咯地一阵嬉笑，开心得不行。也不知道那时怎么会那么容易开心。

也可以用狗尾草编织小动物，那毛绒绒的草儿正好做小动物的尾巴。做好了再看，其实做得一点儿也不像呢，本想是编个小猫，结果编得像个小兔子，用来做耳朵的草根那么长，可是做尾巴的狗尾草也那么长，也不像小兔子啊。自己看着看着，也忍不住笑起来。手指摩挲着柔软的狗尾巴草，只觉十分可爱。

记忆中的小城，好像草地上到处都能看到狗尾草。如果是在外婆家的小巷里玩，小巷里常堆积有用来修房子的鹅卵石和沙子堆。而一旁的草地上，总有狗尾草冒出头来在风里欢快地摇着尾巴。

我低头在鹅卵石堆里找着雪白的或是有花纹的鹅卵石，回去可以放在养着树枝和花叶的白瓷杯里。有时我会把找到的美丽的鹅卵石又带到沙堆那里，用鹅卵石和沙子修建一个童话里才有的城堡。然后在城堡上插上成排的狗尾巴草，像是一个个士兵一般。

一个人这么玩，就独自消磨掉一个下午。直到外婆喊我吃饭，我才捡起鹅卵石和狗尾巴草，拍掉满身的沙子，背着橙色的夕阳回到房间里。夜晚睡觉的时候，还在想着第二天怎么堆城堡，怎么安插士兵一般的狗尾草。

长大了，结婚了，工作了，琐事缠身，儿时乐事几乎都遗忘殆尽了。一个假期，带妈妈去巴厘岛旅行，在沙滩看落日的时候，忽然发现一个穿着蓝色连衣裙的五六岁小女孩，背对着我在沙滩上堆着城堡。

我微笑着看着她，小女孩软软萌萌的背影，有着某种亲切的意味。我心中忽然浮现起了一些浮光跃金般的童年小事了。

同事的女儿小红豆，只有三岁多，是个长得非常可爱，有点像樱桃小丸子的小姑娘。有一次，她妈妈抱她到办公室来，我极喜欢她，于是便接过她抱在怀里。小红豆手里拿着一根荧光棒，她咯咯笑着，用荧光棒拂着我的脸，酥酥麻麻的，好熟悉的感觉。

我轻轻把荧光棒接了过去看，微微一怔，原来，荧光棒的末端，竟插入了一根小小的短短的狗尾草。原来一代又一代的小女孩，所喜欢亲近的小植物，竟然是一样的。

我越发想生个小女孩了，陪着她把童年再走一遍，自己也跟着再重温一次永不再来的童年时光。

苍耳：小刺猬

　　小学时的某一天，有个男生带着很多苍耳到学校里来了，于是就引发了男女生之间的"苍耳大战"，在教室里把绿色的小苍耳掷来掷去，有人还笑闹到操场上。那时大家都很开心，就像冬天里打雪球一般，打了个不亦乐乎。

　　那小小的绿色"小刺猬"，有着柔软的卷刺，打在身上一点儿都不痛。打在头上，小刺猬就抓住头发。若是穿着毛衣，小刺猬则是会挂在毛衣上。把苍耳从头发上、毛衣上弄下来颇要费一番力气。我自然是惯于安静、不去打闹的，但也有几颗苍耳子落在了头发上。那时我还是短发，因此取苍耳子下来就相对容易。如果女孩子是长头发就麻烦了。小刺猬抓得紧紧的，和头发纠缠在一起。

　　苍耳也是菊科植物，它的果实其实叫作苍耳子，但我们习惯性地都叫苍耳了。苍耳子的形状是纺锤型，放在小孩子皎洁的手掌心里，碧青的，小小的，像是女子的耳铛，很是可爱。后来我才知道它真的还有个旖旎的名字叫作耳铛草。

　　苍耳子身上遍布钩刺，可以攀附在动物的毛羽上，借此以浪迹天涯，传播种子。因此苍耳又叫苍浪子、绵苍浪子。听起来就是一种有故事的植物。浪迹天涯，历经沧桑。小学课本里，也有学到《小刺猬和小伞兵》的课文。在那篇课文里，蒲公英被叫作"小伞兵"，苍耳被叫作"小刺猬"。它们都是胸怀大志的植物，不安心在一个地方生长和终老，它们要去看看更广阔的世界。

少年心境，总是在幻想着像苍耳子一样，独自去一个遥远的地方探险，以一种凛冽而孤独的姿态。一定会有很多的奇遇。想去冰天雪地的地方，或者哈尔滨，或者北欧，或者加拿大，因为冰天雪地是容易发生童话的地方。又或许流浪去一个孤岛，如鲁滨孙；或许流浪去一片大漠，如三毛。

中学时常听《橄榄树》这首歌，也会轻轻地跟着哼唱："为什么流浪，流浪远方……"三毛作的词，齐豫空山灵雨般的嗓音，笼着雾气般的辽远与忧伤。三毛突破世俗的喧嚣，听从心灵的召唤，前往梦中的撒哈拉流浪。她活得自由而率性。在她笔下，流浪，是永恒的主题。

三毛用平淡而又亲切的笔调，娓娓道来一个又一个梦境般绚烂的故事。《撒哈拉的故事》《送你一匹马》《我的宝贝》《万水千山走遍》……最喜欢那本《我的宝贝》，每一个宝贝都藏进了大半生的故事，藏进了人生路上的漫漫风尘。真爱那样的文，轻松而灵性，是从内心发出的声音。那时的我，想象着以后要像三毛一样，浪迹天涯，听从内心的感觉而写文，并不为发表出版，只为完全的快乐。

但想象毕竟是想象。长大后才知道，曾浪迹天涯并写下无数动人文字的"撒哈拉之心"三毛也早已离开这个世界。而我也定居在长沙，再没有了要去远方流浪的浪漫心思。只是写作的爱好，一直保留下来了。

在家乡小城的时候，苍耳很多见，路边也有，校园里也有，不起眼的绿油油小植物，巴掌般的叶子。不过小时候我们都很少注意过苍耳的植株，注意力全在植株上挤得一簇簇的苍耳子身上了。

苍耳开的是瘦小的管状小花，多在夜间盛开。这个和月见草又有相似之处了。只是月见草开的是黄色的香花，如同月夜佳人，而苍耳开花开得也是朴朴素素，淡绿色的花儿掩在叶间，毫不起眼，像是夜间守田的农家姑娘。

来到长沙之后，就没有见过苍耳了，它渐渐地成为一种记忆中的温厚植物，沉淀着无忧童年的气息。

大学里，读到《诗经》，则迷醉于《诗经》中的吟唱。"采采卷耳，不盈顷筐。嗟我怀人，置彼周行。"采呀采呀采卷耳，采来采去半天不满一小筐。唉，我呀想念着心上人了，无心再采啦，把菜筐弃在大路旁。卷耳就是苍耳，原来，在我们心目中如此俏皮的小刺猬，还曾是古老典籍里深沉爱恋的载体。

　　苍耳全株都有毒，以果实、种子毒性较大，因此是不可食用的。但苍耳可入药，能疏散宣通，行气活血，能散风通窍，活络止痛。中医古方苍耳子散的配伍，就是取白芷、苍耳子、辛夷花、薄荷四味药打成粉末，再用葱跟清茶泡的水送服。然而服食苍耳治病得十分小心，过量服用易致中毒。

甘草：众药之主

渐渐进入毕业季。看到学校里学生们各种创意毕业照。汉唐、民国服饰的比较多；也有穿白大褂和护士服的，彰显医学生本色。

我不觉微笑了，想起很久以前，当我还在读中学的时候，也有向往过成为医生。不过最后高考填志愿却出于种种现实考虑，没有填医学专业。家里太多长辈是中医，到了我们这一辈，反而少有人从医。只是我对中医学的兴趣还是保留下来了。或许哪一天，会突然心念一动去学医吧。毕竟有一个情结在的。

最有中医药气质的植物是哪种呢？我会认为是甘草。温厚、宽和，悲悯，身怀绝技，不争不抢。甘草以根及根茎入药，是临床应用最为广泛的中药。早在汉代，人们就已经发现甘草乃一味解毒良药，并以"美草""蜜甘"美名载入《神农本草经》。

甘草其实出身贫寒，多生长在塞北苦寒之地，沙土、沙漠边缘和黄土丘陵地带。生活如此之苦，可是它却依然很甜，甘草之名外，尚有甜草之称。甘草甘味主中，有升降浮沉，可上可下，可外可内，有和有缓，有补有泄。它温和宽仁，调和着各种药材的药性，反而被称为"众药之主"。它不争不抢，从容淡定，却赢得了药草之中至高无上的地位。陶弘景的《本草经集注》中将甘草列为草木上品，并指出"此草最为众药之主，经方少不用者，犹如香中有沉香也。"

　　余秋雨在《文化苦旅》中写道："……中药店，才探头，一股甘草、薄荷和其他种种药材相交糅的香味扑鼻而来。这是一种再亲切不过的香味。在中国，不管你到了多么僻远的小镇，总能找到一两家小小的中药店。"而故乡小城的中药铺，就是外公外婆开的，药香袅袅，更是亲切无比。

　　中药铺里有大的药柜，有密集的小抽屉，整整齐齐地放着各种中草药，并在其外标注着中药名。只觉极美，如同宋词的词牌名一般，念之似有沉香萦绕唇齿之间。当归、甘草、半夏、忍冬……

　　若有人来，便先在外公前面坐下，外公仔细问过病症，把了把脉，沉吟一下，便写出药方来。药方一般有好几味药。病人便拿着药方去找外婆。外婆拿出很细巧的一把黑秤，把药方里的中草药抓取出来，按分量，一一倒在干净的纸上。然后便利索地把药包好，用细麻绳将药捆成四四方方的小包裹。病人便提过那一串药，连声道谢，然后离去。

　　童年时，便常在诊所中看外公诊脉，外婆抓药。药香满衣，阳光满窗，那样温静恬淡的时光。

　　甘草，是我认得的第一种中药。外公曾经笑眯眯地抓几颗甘草给我，说可以尝尝。好奇地张口含住一颗，嚼了几下，是甘润清甜的味道，便喜欢上了。甘草的芬芳，是稳实厚重的，让人的心渐渐安宁下来的。如有甘草一般温润的男子相守，那定是现世安稳，岁月静好。如有甘草一般柔静的朋友常伴，那也定是华枝春满，天心月圆。

　　我会觉得甘草很像金庸笔下的程灵素。看的第一本金庸小说，应该是《飞狐外传》吧，那时在外婆家，总喜欢去二楼的书房找书看。书房里有很多是三个舅舅的书，几个舅舅都是武侠迷，金庸、梁羽生、卧龙生的书都有，连不少民国武侠小说名家的书都有。

　　那时才读小学四年级吧，随手就拿起一本，半懂不懂地看。当时拿到的是《飞狐外传》的下本，正是灵素初遇胡斐，初看平平无奇，结果越看越是入迷。谁知这样一个其貌不扬的柔弱少女，竟然身怀绝技，且心思缜密，敌人一举一动无不在她算计之中，不动声色，一举便退了强敌。

　　灵素身世悲苦堪怜，但为人却是善良平和。师门都是些心狠手辣、不择手段的人物，幸好，作为小师妹的她用毒和解毒的本领远远胜过了师兄师姐，令他们忌惮不已。她悄悄爱上胡斐，胡斐明明感觉得到，却偏偏要和她结拜为兄妹。她虽然也会为此感到委屈和难过，却也坦然接受，不能做情侣，便退而做朋友，并不偏激。生活对她从不友好，她却报之以温柔。

　　虽然灵素生得并不美，但是她有如此的个性和本领，已是闪闪发光的一个人。女人何必一定要做一朵娇艳的花儿呢？就要做一棵柔韧的草。灵素，就像是一枚温润的甘草。

　　这样想着，再含着甘草时不由得又会生出几分温柔来。那时的我看着外婆忙忙碌碌取药称药的身影，想着以后要成为灵素一样善良而能干的人，精通医术的人。

萝卜花生得素朴而隽美，如同风致楚楚的女子，像是乡野里读过书的女孩，虽然依然有淳朴气息，但已经多了几分书卷之气。

萝卜花：田园梦

高中母校湘阴一中曾推送过一个温暖的微信主题："亲爱的校友，是否记得老校区的林荫大道，是否想起新校区状元桥边熟了的杨梅？"忽然感慨万千，同学群里也纷纷在推算，我们高中毕业，竟然有这么多年了！

而植物，就是我们当年校园记忆的载体啊，无比亲切。母校的老师是深深懂得我们的。我们当时读一中是在老校区，学习累了，便常常在林荫道下徜徉。新校区的杨梅则是不怎么熟悉了。不过在一中，因高考的缘故学业压力太大的关系，对草木的关注少了很多，真是一心扑在了学习上，只是偶尔抬头，让植物的绿色舒畅着眼和心。

老师们当时为了让我们专心学习，还会谈一谈之前学子高考的各种故事。记得有个老师讲过有一个姓朱的男生，他竟然考了八次都没考上，得了一个诨名"朱八届"，最后只能彻底放弃，听起来心酸又好笑。于是，一群学生便更不敢分心旁骛了，天天埋头向学，只期待高考后各自涅槃。

与植物相亲相爱最多的时候，还是在初中，在那个居于郊外的太傅实验中学。

废名《五祖寺》其中一段，一直很喜欢："我记得小时读'一去二三里，烟村四五家，楼台六七座，八九十枝花'，起初只是唱着和着罢了，有一天忽然觉着这里头有一二三四五六七八九十，十个字，乃拾得一个很大的喜悦，不过那个喜悦甚是繁华，虽然只是喜欢那几个数目字，实在是仿佛喜欢一天的星，一春的花。"

废名的文字里总是一派温和的沉静与纯净的天真，尤其那篇《桥》，写史家庄的小儿女心思，犹如一曲柔和的田园牧歌，令人悠然神往。"生命中有许多事，沉重哀婉至不可说。"于是，便用文字勾勒出一派心目中梦想的田园，在那个地方，可供心灵暂时憩息。

而我的家乡小城，也是我灵魂开始的地方。而我的田园梦，则是在初中时实现了。整整三年时光，我流连于田间陌上，宛若乡野的女儿。与我相亲的花，除了紫云英、油菜花、蒲公英，还有萝卜花。

萝卜花生得素朴而隽美，如同风致楚楚的女子，像是乡野里读过书的女孩，虽然依然有淳朴气息，但已经多了几分书卷之气。它和油菜花一样，是十字花科植物，因此也是四枚花瓣，可是花瓣比油菜花大，形状也比油菜花更加雅致，像是常栖息在油菜花上的小粉蝶儿。

萝卜花的花语居然叫作"黄昏"，因此它的别名又叫作"黄昏之花"，这时因为它白天并不会散发任何气息，直到黄昏才会散发馥郁的香气，仿佛特别喜欢黄昏时分。那时我正在读何其芳的散文诗，极其迷恋他的《黄昏》："黄昏的猎人，你寻找什么？狂奔的野兽寻找着壮士的刀，美丽的飞鸟寻找着牢笼，青春不羁之心寻找着毒色的眼睛。我呢？"

其实以当时的年龄来说，是读不大懂诗人想要表达的种种深意的，但是那些句子太美了，惆怅又温柔，如同沉香般的叹息。我反复读着，喜欢得很。因他的这篇文章，也爱上了带着伤感色彩的黄昏时分，爱上了黄昏时在田园里摇曳，同样喜欢黄昏的萝卜花儿。

萝卜花的美貌和浪漫其实是无人关注的。贫家的女儿，只能自在欢喜自得其乐，难以得到过多的关心与照顾。不过，她能自在欢喜就好。就像这样，独自看着夕阳，黄昏中自顾自美丽。谁也没有它惬意，包括陪它一起在黄昏中看夕阳的我，书包里还放满了一点儿都不想做但不得不做的作业呢。

萝卜花是会变色的，初生的萝卜花是粉白色，渐渐地花瓣上会抹上淡淡的紫色。萝卜花，无论是粉白还是淡紫，无论年轻还是老去，都是温和沉静的气质。有时候我被那萝卜花的美丽所蛊惑，会忍不住在黄昏曼妙的光线中采上几朵萝卜花，把花插在书包上，然后心满意足地带它们回家去。

有时候，在遇到一朵美丽的花时，人们心中就会情不自禁地涌起要摘下它拥有它的冲动，就如男子在面对一个袅娜的女子时，或者女子在遇到一个英俊的男子时，会情不自禁地涌起爱慕之心，因此，对花的爱也很需要克制。

后来到了长沙，发现学校药植园里也有小粉蝶般的萝卜花，不过也不奇怪，萝卜本来就是药食同源的植物，可以润肺止咳、帮助消化，并提高人体免疫力，萝卜籽更是一味有名的中药莱菔子，可消食除胀、降气化痰。后来发现，在洋湖湿地公园，一片明黄色的油菜花旁，也摇曳着一片洁白的萝卜花。

看来人们不仅欣赏油菜花的美，也开始发现了萝卜花的美，让它作为观赏植物，明亮着人们的心。相比单纯活泼的油菜花来说，我更喜欢这少女时代曾和我一起看夕阳的，懂得黄昏之美的浪漫植物。

贝母是百合科贝母属，以白色鳞茎入药，可清热止咳、散结消肿。《本草经集注》说它的鳞茎「形似聚贝子」，故名贝母。

贝母：悬壶济世的梦想

在中医药大学工作时，学校教职工群里，只要老师有病痛，就会发照片和症状到群里求诊断，便有相应专业的老师出来解答，或者推荐相关医生。学中医的学生们也会下课找任课老师看病，老师秒解疑难杂症。这便是身在中医药大学的好处了吧。

不过，我跟中医药的缘分，最初是跟药用植物更多一点儿。因为极爱植物的缘故，初入学校的那几年，几乎天天早上都徜徉在药植园，和药植园的一草一木都差不多成了熟识的朋友。

在药植园第一次看到贝母的时候，我是十分新奇的，这些花低着头，像一个个白绿色的小铃铛，清清爽爽的。

扶起一朵低下头的花细看，白绿色的花瓣六枚，内侧则是有细细的紫红色纹路，雄蕊也是六枚，护持着中间的雌蕊。一般花都是自知明艳更沉吟的，而贝母的花却素面朝天，全无艳色，连薄施粉黛也没有，却自带隽永书香气，仿佛自古书中袅袅走出的女子。

贝母是百合科贝母属，以白色鳞茎入药，可清热止咳、散结消肿。《本草经集注》中说它的鳞茎"形似聚贝子"，故名贝母。贝母可分为川贝母、浙贝母和土贝母三大类。药植园的贝母，就是浙贝母。浙贝母花其实也可以入药，药效与鳞茎一致，甚至要强过鳞茎。但是花入药并不像鳞茎那样广为人知。它似乎也不在乎，一副云淡风轻的样子。

看到贝母之后，并未意识到它和自己后来的交集，只是挺喜欢它的，安静而有书香气的植物，在园子里的众药植之中也是难得的。于是，我俯下身去，给它垂下的花朵儿拍了一个特写。

我从学校机关调到学院来不久，学院领导出于做好一些相关宣传的目的，在走道里镶了十几米的文化墙，不免就有了甲醛气味。我咽喉敏感，很快就咳嗽起来，自己猜想是得了过敏性咽炎。毕竟也知道一些药理了，就调了些蜂蜜喝，兼吃枇杷和梨子，都是止咳润肺的，微有好转。但始终不能断根，几乎咳了半个春天。

大舅是中医院的副主任医师，到学校来上中医临床的课，路过我家小坐。我就请大舅帮我看下这咳嗽如何诊治。大舅望闻听切了一阵，说这种情况得理气健脾。这个过敏性咳嗽不是肺部出了问题，而是因为过敏，因此润肺的食疗并没有什么效果。我原本体质虚寒，对这个病症开药只能匡扶正气，增强自身抵抗力。大舅便拿起笔，唰唰地开出方来，方中有黄芩、柴胡、陈皮、半夏、厚朴、浙贝、茯苓、白芍、炙甘草等。医生的字都是龙飞凤舞的，犹如天书。但年轻时是个文学青年的大舅却写得一手端正的小楷，我是看得懂的，看到浙贝，不由得感到一阵亲切。

大舅另外也开了一个食疗的方子，即浙贝冰糖梨，取梨一个去核，也是用浙贝母粉及冰糖放入梨中，蒸熟后服食。

于是，我就根据大舅开的药方，用药罐细细地煎起药来。一屋子微苦的药香，熟悉而温暖的味道，像是以前外婆家中药铺的味道。忽然想起《红楼梦》里宝玉曾道："药气比一切的花香果子香都雅。神仙采药烧药，再者高人逸士采药治药，最妙的一件东西。这屋里我正想各色都齐了，就只少药香，如今恰好全了。"

在写故乡小城的那本书里，我曾经写过，有一次外出学习，旁边坐着一位陌生人，寒暄之后，他问我的单位，得知后笑道，难怪，一见你，就觉得你像一棵生长在山野中的植物，散发着中草药的芬芳。电光火石间，我忽然想起外公的中药铺。那中草药的芬芳，是我一生所眷恋的温柔。也是因为这个原因，我才选择了现在工作的单位。

外公外婆都是老中医，妈妈这一代，有三个人从医，我们这一代的孩子，却少有从医的。我大学里也没有学医，虽然现在是在中医药大学从事中医文化及传播相关的研究工作。我想，要不还是我把家族中医的传承接起来吧。原本在中医药大学耳濡目染，已经略通医理药理，虽然只是略通而已，毕竟也有一定基础了。

跟大舅说过这个想法，大舅说中医也是需要悟性和灵性的，如果真的能够认认真真地学，就先拜个师学几年，再跟诊几年。学中医犹如熬中药，得慢慢来。

吃了药汤与浙贝冰糖梨一周，咳嗽症状果然减轻了不少。当然敏感源还在，咳嗽就无法消除，要等甲醛气味彻底散尽才行。学中医的想法却坚定了不少。想学什么东西，任何时候都不晚的。环境恶劣的话，只能自己强大，就比如这次诊断开方，也是先匡扶正气，用以抵御寒邪入侵。那么学习中医，也是强大自己内心和能力的一种方式吧，何况，自己又是从小对中医有情结的呢。

学校图书馆里，我慢慢地在书的森林中走着，一本本寻找着中医药的书。随手打开一本，那些隽永古雅的药草名，字里行间都仿佛透着袅袅清香。

中医药真是博大精深，学好并不容易。不过，若能真的做一个身上浸透药香的中医，满目清凉，悬壶济世，行走在这人世间，也是一件很好的事情了。

黄瓜：平淡绚烂后的

六月的一个周末，回故乡小城，到了外婆家。自然是又要去看下顶楼上外婆的绿色庄园了。

外婆的绿色庄园里所生长的黄瓜，长得跟菜市场里的不一样，并不是均匀的长条形，而是有点两头尖尖，中间胖胖，像是葫芦一般。不过黄瓜本来就是葫芦科黄瓜属的植物，也不枉外婆把它种成了小葫芦。

黄瓜外皮并不是光滑的，周身有着突起的小刺，颜色则是比较深沉的墨绿色，比丝瓜的浅青色要来得深。

我跟着外婆去摘瓜，把四根黄瓜放在一起，准备拍个照，外婆赶紧阻止了。她笑呵呵地说这黄瓜生得不漂亮，拍丝瓜好了。我忍俊不禁，都是瓜嘛，又不是花，分什么好看不好看呢，而且我又不是爱发朋友圈的人，朋友圈太喧嚣了，我顶多在微博上发一发，微博上大多是不认识的花友呢。

不过外婆很重视她这些宝贝们的颜值，一定要我拍长得好看的瓜，并骄傲地指出了那些丝瓜的所在。

那丝瓜果然比黄瓜长得匀称，连刚出生的小丝瓜都是萌头萌脑的。黄瓜还真有个性呢。黄瓜与丝瓜花果俱在，都是开小黄花，黄瓜的花比丝瓜花小多了，只有青果子大小，而丝瓜花则是有小盘子大小了。

当然，摘了这么多黄瓜，中午就是吃清炒黄瓜了。

不过，相对于清炒黄瓜、黄瓜炒肉等一系列菜式来，我更喜欢吃新鲜黄瓜。外婆当然知道，她早就切好了刚刚摘下来的新鲜黄瓜，给我们这些孙辈当作饭后水果。

黄瓜本身也是可以用来当水果吃的，那么清脆，微微的甜意，满口的清香，仿佛品着一口甘泉一般。现在我早上给家里人做早餐，往往是全麦面包，鸡蛋再加上几片黄瓜与苹果。黄瓜不仅滋味清爽，还清热解毒、健脑安神，还可治疗咽喉肿痛，因此吃了是很有利于身体的。

而童年时的记忆里，最好吃的黄瓜则是浸坛黄瓜，也就是泡坛浸出来的酸辣黄瓜。小城的人们喜欢自己浸坛子菜。把白萝卜、藠头、黄瓜、刀豆等切碎，加入盐、干椒末等调料，放到坛子里。用来下酒下饭，都最好不过。

做坛子菜，坛子是很要紧的。坛子越老菜越香。坛子口用清水密封着。把那些菜放入坛子里，等上十几天，便已经很入味。坛子菜是不会坏的，放越久，也越入味，越陈越香。

黄瓜浸好了，夹几筷出来，放在青花瓷碗里，一口一口慢慢地吃着。黄瓜已经浸透了坛子里的各种滋味，又咸，又辣，又香，每吃一口，都觉得妙不可言。然后，脸颊就会慢慢红起来——实在是太辣了，可是湘妹子怎么会怕辣？只觉辣得痛快，恨不得再辣一点儿呢。

不过，现在吃得清淡了，酸辣黄瓜都不吃了，只喜欢吃新鲜黄瓜。但那鲜香脆爽的滋味永远在记忆中熠熠生光，如同初恋一般忘不了的味道。无论饮食，还是人生，都是如此，只有曾经浓墨重彩过，才能再无遗憾，才能安于后来细水长流的时光。宗白华的《美学散步》里也说，"绚烂之极归于平淡"，才是美的最高境界。如果从未绚烂，哪来平淡？

黄瓜还有一个妙用，那就是可以用来美容。在家乡小城的时候就曾看过一则报道，日本一个女作家几十年如一日地用黄瓜汁擦脸，直到八十多岁，面容上几乎没有一丝皱纹。但是，小女孩的时候只觉得有趣，看过便算了。

那时本来就水嫩清灵的肌肤，用不着任何物品来美容。

不过，黄瓜汁的确具有活血润肤、抗皱抑脂的作用，因此是很适合"刚偎人面染脂香"的。如今黄瓜的美容功效已经广为人知，到了长沙之后，发现不少爱美的少女都用黄瓜片敷脸，不仅可以祛痘防斑，还可以润泽肌肤。

井栏边草：野生的自由

有一天晚上，梦见独自一人回了外婆家，仿佛还是小女孩的模样，见到外婆、舅舅和姨们，但是不见父母。于是，我又独自一人往自己家走。穿过小花园一树一树的花开，掠过小巷子里井栏边草的羽状复叶，走过庭院里泡桐树浓重的荫凉，我回到了小时候住的房子，从衣柜里寻出一件美丽的花裙子穿上，独自在家里满心欢喜地等待父母回来。

待到醒来时，知道是梦，心里不由得同时浮现了甜蜜和凄凉。那梦中的感觉太真实了。岁月荏苒，我已经离童年如此久远了，内心深处是依然还是在眷念小时候家庭和美时的幸福吗？

梦里的井栏边草，在家乡小镇多见，长沙市区是见得少了。家乡小城，也多小巷。小巷深处，又自有风情。小时候有段时间，放学后吃完晚饭，或者周末吃完午饭，便要去一个擅长画画的姐姐家学画，要独自穿行过三井头小巷。那小巷都是青石板路，路面已经被走得略有沧桑了。

那姐姐是爸爸朋友的女儿，是一位"学霸"。爸爸自己是公司小职员，但平素里爱作书画，也喜欢篆刻，曾经给我也刻了两块方印，他的朋友们大多也是书画高手。姐姐的爸爸，就开了个书画班，我还跟着她爸爸学过书法。

背着画板，提着小画桶，踏在清凉的青石板路上，穿过三井头，去姐姐那里学画。一路心情雀跃。"渡水复渡水，看花还看花。春风江上路，不觉到君家。"看两边的南杂铺小店，打烊得早的，已经把木板一块一块接入门那里了。夕阳照在那木板子上，有暗红色的反光。还没有打烊的，摊子上依然炫耀着各种美味的米糕、甜酒、灯芯糕，等等。杂货铺，小小的一间，却是什么都有。几个小孩子在巷子里跳绳，有小姑娘扎着小辫儿，小辫儿跟着一跳一跳。

巷子也是青石板路，用一条一条的青石板铺排而成，上面镂刻着岁月的痕迹。在阴凉湿润的青石板缝隙里，经常会冒出一丛一丛绿盈盈的羽状复叶，像是柔软的小手，不经意地擦过小少女的裙裾。那就是井栏边草了。有时候我还会停下来看看它，小心地摘下一枚如孔雀尾羽的复叶，放入画板之中。那时，我还不知道，它有个更好听的名字，叫作凤尾蕨。后来知道后，便觉得这个名字很配得上它呢。它虽然如此普通，可是却如此美丽，即使是平凡小草，也会拥有凤凰涅槃的梦想，也要生活得摇曳生姿，充满希望。

小城用的是井水，夏日也是凉意沁人。那时湘阴有的地方还用压井。小巷深处，有人在水井旁用压井取水，轻轻一按一压，清水便一涌一涌的。老师家的天井里，便有一个压井，压井旁长着更多的井栏边草。它极珍爱水源，常逐水而居，井水边往往会见到它，也是因为这个原因，它才有了这个素朴而可爱的名字——井栏边草。

有时候，我们洗画板也是蹲在这压井旁洗，水滑过手心，凉沁沁的舒服。即使是夏日酷暑，井水依然是透心的凉，能凉得人一激灵，却觉得分外的痛快。

上完课之后，小孩子们画桶里的水都是五颜六色的颜料水了，洗了之后倒在水沟里，水里都是缤纷明亮的颜色。这时折一只小纸船放在水沟里，便会看到一枚素白的梦想，在绚烂水色之中缓缓前行。船畔涟漪渐渐漫开，一切色彩都在跳跃和融合，美得如同动画片里的一个场景。水沟旁的井栏边草，如同微型世界里的大树一般，护持着小小的纸船驶向远方，它似乎也有几分舍不得，羽状复叶摇了又摇，像要哭出来一样。我便伸手摸摸它的叶子，以示安慰。

年少时总涌起许多奇妙的感觉，似能听懂风语、草语、云语，能瞬间走入和这尘世完全不同的世界。而如今，身体和心灵都已不复轻盈，已经很难再有那种感觉了。

上课休息间隙里，我们玩耍时穿过小巷，尽头便是一个小湖的湖群，那就是小城的东湖了。东湖绿水逶迤，柳丝弄碧。如此安静、宁谧，满眼皆绿，时间仿佛忽然放慢了脚步。湖水绿意是一直要浸到岸边。风携着湿润的水气，一小缕一小缕地吹吐着。

不是浓翠欲滴的那种墨绿，而是青青得逼人得眼，而且水灵灵的。那是我最初关于清纯、清新、清澈……这一类美好的词的认知。水乡小城，自顾自美丽，仿佛世外桃源，不受俗世干扰。

学画回来，也是高高兴兴的，可以从江边绕行回来，虽然已经是比较晚了，但因为离家很近的关系，从来也用不着家长接送。小孩子的时候，能做自己喜欢的事情，真是快活呀。那个时候，已经很流行送小孩子去各种培训班了，但我家父母这点并不管着我，我学书画是自己喜欢然后就学了，热门的钢琴、小提琴、奥赛等培训班都没去过，我也对那些培训班无感。而学了所爱的书画，让我的心满是欢畅，我的心便如井栏边草一般自由。

后来迷上写作之后，我发现，和画画一样，我只能写自己喜欢的东西。如果为了写而写，没有灵感，我真是会写得相当尴尬。有灵感的文字就不一样了，液汁饱满的果子一般，自己看了也喜欢。我大概就适合做井栏边草一般野生的作者，自由自在地写吧。

不过爸爸，爸爸其实算是个有才的人，他擅书法，懂篆刻，会吹笛，在他从事书画教育培训行业的那些朋友里面，他的作品也并不逊色，他为什么不和他同学一样踏踏实实地搞书法开培训班呢，为什么一心就想着投资赚钱呢？他分明是没有那个投资眼光及能力的。像井栏边草这样自在生长，平淡生活，难道不是一种幸福吗？没有树的能力，何必硬要去充当一棵树吗？如果注定是一棵小草，就做一棵小草好了，平凡温馨的生活未必不是一种幸福。

但年轻时的爸爸是不懂这个道理的，老了后他也没有懂，他心高气傲、好高骛远惯了。于是，在小城后来的记忆里，他永远地缺席了。他曾经疼爱的小女儿也只能一直在睡梦中重温往日的和美了。

丝瓜花大约是我们这个小区夏天里最大的花了吧，有一个小盘子那么大了。像是极自信的农家姑娘，大大方方地美丽着，一点儿都没有畏惧和怯弱的样子。倒叫人心里生出几分敬意来。

丝瓜：回老家的感觉

其实并不是很喜欢吃丝瓜，可是很爱看丝瓜汤端上来时绿意盈盈的样子。暑热之时，喝一口丝瓜汤，也觉得心里清爽舒服。

小区的栅栏上，都缠绕着丝瓜藤，开着金黄色的丝瓜花。不知道是谁种的，花开得灿然好看，特别欢天喜地的样子，迎着烈日也显得很精神。

丝瓜花大约是我们这个小区夏天里最大的花了吧，有一个小盘子那么大了。像是极自信的农家姑娘，大大方方地美丽着，一点儿都没有畏惧和怯弱的样子。倒叫人心里生出几分敬意来。

家乡小城外婆在顶楼开辟的绿色庄园里，种得最多的也是丝瓜。

暑假里回家乡小城，去外婆的绿色庄园里看，庄园里的丝瓜已经长得很大了，看上去几乎有半米长了，挺着绿盈盈胀鼓鼓的肚子。外婆走进瓜园里，拿着剪刀利索地剪下丝瓜藤，中午便有了丝瓜汤喝。丝瓜有凉血解毒、清凉通经之效，味道又甘美清新，夏天吃最好不过。

也是在外婆开辟了绿色庄园后才知道，原来丝瓜花也是可以吃的，外婆把它和肉片一起打汤，放点酸菜或者榨菜调味，滋味爽口鲜美，每咬一口都觉得是放松又充实的享受。回老家的感觉真好。

记忆中的家乡小城，总是无限美好。这里是左公故里，这里是鱼米之乡，这里有远浦归帆，对于我来说，这就是一座岁月沉香的光阴小镇，这是生命最初的地方。

我家楼下有个小庭院，而另一边则是个小花园，月下窗前会横过树枝和花影。春天庭院里泡桐花开了，满窗淡紫，有鸟儿清脆的声音珠圆玉润地滚进窗来。早上在花园里看书，草地轻软，香樟树上的露珠一滴滴落到我头上、肩上，清凉。

酷暑里在顶楼上乘凉，竹席蒲扇，夜风习习。荷花玉兰的花香幽幽浮动着。清晨或者傍晚在湘江边或者东湖边散步，水边都是草木，植物芬芳夹杂着湿润水汽扑面吹来。那风简直就是绿色的绸缎。坐在水边，泛泛聊着，看着水中云朵舒舒卷卷，看久了仿佛感觉得到地球在转动。

深秋在芦花如雪的水塘边躺着晒太阳，在小花园里采野菊花，买热乎乎的糖炒栗子和羊肉串。寒冬在楼顶堆个大雪人，校园里小孩子们雀跃着打雪仗，攀下屋檐下冻着的晶亮的冰柱，在玻璃窗上呵气写字。

小城很小，因此到哪里都方便。早上在青石板路上走个二十米左右就可以在三井头菜市场买到新鲜蔬菜瓜果，以及肥嫩嫩的豆腐脑儿、热乎乎的米糕。那里还有一簇簇的小店，可以买各种小零食小物件。放学回来，路上小摊上的烤红薯、羊肉串、火腿肠、刮凉粉的香气飘了一路。晚上，慢火熬了整整一个下午的排骨冬瓜汤刚刚出锅，醇厚清甜，养心养胃。步行个十几分钟去电影院看电影，出来还可以在清灰色的电影院前买一根棉花糖一路轻轻咬着回去，如咬着小朵的云。

小城的夜晚特别静。睡在外婆家，从窗户里可以看到淡淡的月光洒在邻居屋子鱼鳞般的瓦片上。隐隐的几声犬吠。而睡在自家小屋，则更是安静，连犬吠也无，空气中隐隐约约浮着令人心安的草木香气。夜晚的梦境，也是静如月光般的淡蓝色。有时在长沙睡不好，回到小城，便可以一觉安然直到天亮。

小镇上丝瓜般稳妥安宁的青绿时光滋养了我的年少。岁月如同结实柔软的布衣，针脚细密绵长。布衣暖，菜根香，诗书滋味长。

我在长沙工作，时常忙碌，觉得辛苦。家乡小城的慢节奏对我来说是迷人的。虽然我已经很少回去了，但只要回去看一看，走一走，就会觉得放松很多。不过现在，小庭院里的泡桐树已经被砍掉了，小花园也已经拆掉，变成了步行街。东湖也缩小了，和以前珠链般的湖群大不一样了。我已经失去了一部分草木朋友，失去了童年记忆的载体。好在湘江边的草木还在，外婆的绿色庄园还在，巷子里的长春花和太阳花还在，丝瓜花儿以及一些绿色果蔬还在，这让我的心底依然亮着暖意。小城还是我的小城。

偶尔见到还在故乡小城的小学和初中同学，觉得他们活得轻松自在。小城小镇悠然自得，并没有大城市陀螺般快节奏的压力。海明威《流动的盛宴》里说："我们粗茶淡饭，吃得很香，我们暖融融地在一起，睡得很舒服，我们深深地相爱。"在小城恋爱，结婚，生子，粗茶淡饭，恬静淡然，如果能活得如丝瓜花一般自在朴素，也是一件美好的事情。

人生不一定要拼尽全力地奔跑，慢下来未尝不是一种幸福，心灵若自由，一切皆可无拘无束，方能领略生命中的大欢喜。

紫苏：小女儿的名字

　　微博上有同样爱好草木的朋友给我留言："一直愿意相信每一棵草木都是有着美好灵魂的，喜爱植物的人心里也都有一块不与人知的柔软地的，这样，正好。"

　　然后她告诉我她最喜欢紫云英。恰好我喜欢的植物里，也大多有一个"紫"字，比如紫苑，还有紫苏。

　　真是喜欢这个名字，紫苏。还想过把这个名字给我自己的小女儿作为小名，大名单字一个"舒"，小名"紫苏"，恰巧又有着相似的韵脚。紫苏外表看起来并不起眼，它的花语就是平凡。在这平凡的人世间，小小女孩儿，能活得舒展自在，拥有平凡人的幸福与安宁，没什么不好。

　　但其实紫苏仍有与众不同的地方，那就是它极其浓郁的芳香，和薄荷一样，紫苏几乎从头到脚都是香的，它的香气让它不遭蚊虫叮咬，不让毒蛇近身。紫苏叶似唇形，边缘有细细锯齿，有绿色的，也有紫色的，有的一面绿一面紫，有的两面皆紫。我见得多的，还是紫色的。不过自己家里并没有种植紫苏，多是菜市场买的。

　　紫苏的确是浸透了古典芬芳的植物，原产自我国。早在两千多年前，中国最早的一部词典《尔雅》中就曾这么描述紫苏："取（紫苏嫩茎叶）研汁煮粥，良，长服令人体白身香。"这样可以美白健身的紫苏，是女性心头之好了。

紫苏入药始载于李时珍的《本草纲目》，可解表散寒、行气和胃。此外，紫苏还能温中止痛、定喘安胎。怀孕的女子若是风寒感冒或者脾胃气滞，都可以食用紫苏。紫苏真是对女性分外温柔的植物，或许它就是古时的一位女医幻化的吧。

紫苏的叶子叫作苏叶，梗叫作苏梗、果叫作苏子，均可入药，苏叶、苏梗、苏子，都是可以做青春小说中男女主角的隽秀名字了。

紫苏叶因其温和恬静的紫色，可以作为天然草木染，可将素白的绢布染成梦幻的紫，便如艾草可染成轻盈的绿，栀子果可染成淡雅的黄，茜草可染成鲜艳的红一般。草木染不仅色泽明亮，还会带有淡淡的草木香气，是化学染料所无法企及的。将紫苏洗净榨汁，就可以用作可食用色素，做成各种紫色的糕点，悦目而爽口。

紫苏嫩叶可生食做汤，茎叶可淹渍。汉代枚乘在其名赋《七发》中即开列了"鲤鱼片缀紫苏"等佳肴，可见紫苏当时已作为鱼生的指定调味品，从西汉时期就已开始。清代《调鼎集》中载："将薄荷、胡椒、紫苏、葱、香橼皮、橘皮、菊花及叶同晒干，捶碎收贮。剖鱼入水，取以洗擦，不但解腥，其味尤美。"

小城是水乡，湘江、东湖里都产鱼，早晨到附近的岳州窑和远浦楼走走，都能看到湘江里戴着斗笠的渔夫乘着扁舟在撒网捕鱼。在菜市场买的鱼都新鲜得很。家里买了鱼做鱼汤，也习惯放上紫苏以提味去腥，汤便鲜香得让人忍不住喝了一碗又一碗。做田螺的时候也是，加上一点儿紫苏，便口感柔和了很多，也不觉有土腥味。

小时候我是爱喝那带着紫苏清香的鱼汤的，紫苏叶却不喜欢吃，觉得气味太冲了，那时真是个挑食的小女孩。妈妈就笑着说："把紫苏叶都夹给我吃吧，紫苏驱寒的。"于是，小女孩就真的规规矩矩地把紫苏叶一片一片夹给妈妈吃。妈妈是真喜欢吃，说紫苏嚼起来很香。如果吃了鱼蟹不舒服，也可以吃一点儿紫苏，能及时得到缓解。《药性本草》中记载，单味紫苏煎服，或配合生姜同用，可用于食用鱼蟹之后引起的吐泻腹痛。

后来到了长沙，发现长沙街头有一种自制小食——紫苏桃子姜，就是用紫苏、鲜桃、生姜，以及冰糖、食醋、盐等制成的，有时还可以加入杨梅，滋味酸甜，又有一种透骨的清香味儿，令人醒脑开胃，心情大好。容易做，又好吃，于是便渐渐也喜欢吃紫苏了，觉得这种紫苏当主角的小食吃起来唇齿间有分外清脆之感。这种做法应该是源自《本草纲目》，其中有载："紫苏嫩时有叶，和蔬茹之，或盐及梅卤作菹食甚香，夏月作熟汤饮之。"

去湘南郴州的小东江旅行的时候，见小东江江畔都是烤鱼摊和以鱼为主题的餐厅饭店。有好几家餐厅前面，就种着几株紫苏。紫苏的紫色叶片赏心悦目，而做鱼时又可随手摘下几片洗净配菜，餐厅老板也算心思巧妙了。

在宫崎骏动画《借东西的小人阿莉埃蒂》里，色彩鲜丽的庭院花草之中，也有紫苏叶的存在。小屋子的台阶下，有一丛花一般雅美的紫色植物，那就是紫苏，翔还曾凝视过它。美丽的阿莉埃蒂还用月桂叶和紫苏叶给妈妈做了一份礼物。

而紫苏茶在古代也极盛行。据记载，宋仁宗曾昭示天下，评定汤饮，其结果是紫苏熟水第一。熟水即饮品，也就是说，在宋代，紫苏茶曾获得最高殊荣。如今平日里也可以用紫苏泡水做茶饮，有很好的保健效果。

姜花：冷静而清醒

　　那是一种生在水边，雪白清灵的花朵。翩然如飞倦了的蝶，栖息在碧色的叶间。花店里很少有姜花卖。姜花大多是野生的，漫不经心却风致楚楚，仿佛南唐李后主的词作，有"粗头乱发，不掩国色"的洗尽铅华之美。

　　我在广州见过姜花，一朵小小的白花便仿佛一条香气的河流，汹涌的香气覆盖过来，人不知不觉就被倾倒。

　　姜花为姜科姜花属植物，原产印度，又叫作蝴蝶姜、蝴蝶花、香雪花、夜寒苏等。她还有一个很符合她气质的名字，叫"蝴蝶百合"，她的确有百合一般的清纯与芬芳，又有着蝴蝶的灵动与柔媚。

　　姜花枝叶窈窕，花叶并不成簇，而是略见疏离，彼此并不相依，虽然柔柔弱弱，却从骨子里透出一种清纯无辜又倔强的感觉，犹如一个身着素衣，披着长发，眼眸闪闪发光的纤瘦少女，看着就莫名地心疼，忍不住想抱抱她，想给她一点温暖和爱。但她其实有一种禁欲系的清冷，仿佛对这个世界都有疏离之感，拒绝任何怜悯和靠近。她有自己的节奏，静静地开自己的花，喧嚣尘世纷扰之事无法打乱她安静的心，也不能黯淡她明亮的眸子。但她又并不是冷漠，她的柔情全部都为纳入她世界里的人绽放，而在她世界之外的人，她便只是淡淡而对。她有悲悯，有温柔，却冷静，也果断。

　　姜花花语是"信赖，高洁清雅"。姜花般的女子，懂她的人，这世上也许一个就够了。事实上，如果在这世上，有人完全懂得你、理解你、支持你，那绝对是非常温暖的一件事，但这也太难得。因此，姜花般的女子，也好像不会让自己对谁有极度依恋。

也许正是姜花这种特性，打动了不少女性作家。香港地区的亦舒便是其中的一个。亦舒喜欢写白色的香花，比如，铃兰、茉莉、百合或栀子，但似乎她最为钟爱的是姜花。《玫瑰的故事》里，写苏更生的公寓，宽阔的露台上种着大张大张的芭蕉叶，茶几上有一大束姜花，散发着幽幽的香味。《两个女人》里，写玻璃台上一只水晶大瓶，瓶里一大束姜花，蝴蝶型的白花散着妖冶的香味。亦舒这样形容姜花的香味："姜花的香味排山倒海似的压过来，我呼吸有点困难，濡湿阴凉的海滩空气。我当然要怪空气，怪香味，否则怎样解释这种震撼感。"

她笔下的女子，大都是姜花一般清新、独立而理性的女子。她们都拥有小而精致的面孔，眼眸晶莹生光，充满灵性。她们相信爱情又不依赖爱情，她们有心爱的男子——亦舒笔下的男主角大多叫作"家明"，也许跟作家自身的经历有关——但绝不会依赖男子，她们也知道靠得住的只有自己的天分和努力，于是默默上进，不会纠缠沦陷于任何一段感情，始终冷静而清醒。

爱姜花的女作家，除了亦舒之外，还有中国台湾的简媜。简媜的散文，也散发着姜花一样清新与清醒的意味。她出身农村，少年丧父，生活贫穷却始终勤奋，最终凭借自身走出了小山村，成就了光芒闪烁的人生。她在《渔父》这篇文中铺展她幼时的乡野生活，文字凛冽鲜活得叫我吃惊。她说自己提着装满山货和海鲜的竹箩，仿佛是提着一座海洋和一山果园去井边洗，心情如鱼跃；说那河岸的野姜花大把大把地香开来，影响了野蕨的繁殖欲望，那蕨的嫩英很茂盛，一茎一茎绿贼贼地，采不完的。她语言的节奏感也极好，整篇长长的文章能让人一口气读完，而丝毫不觉辛苦，只觉得有微醺的醉意，于是心甘情愿被她的文字倾倒，宛若被姜花的香气倾倒。

然而她写这样的文字，我分明能感到她是和姜花一样漫不经心的，举重若轻的，却散发出如此迷人的气息。不得不承认，有些作家的天分，是教人望尘莫及的。便如姜花，姜花那么美，那么香，它自己却是浑不在意，它天生就是如此。

还有香港地区的财经小说家梁凤仪。梁凤仪的书里其实甚少涉及姜花，但她的书读下来，宛若一朵朵姜花盛开，也是一篇篇人间清醒的文字，写的都是独立女子自强不息的奋斗史。她笔下的故事也是她自身故事的影射。她不仅是一位作家，同时还是一位企业家。她评价自己："九流作家，一流商人。"她的父母均未受过高等教育，她凭借自己的勤学苦读，先后获香港中文大学本科、硕士、博士学位。硕士毕业后，她曾有一段时间成为家庭主妇，却依然在大学里修学了不少课程。后来，她进入社会开始从商，创下亿万身家。她业余写作，陆续出了 100 多本书。后来，她与丈夫还创立了勤+缘媒体服务公司，进行电视制作、公关、广告三线发展。

我高考报考经济学专业，除了出于家庭因素的考虑之外，多多少少也有点受梁凤仪的影响吧。

中学时代，我喜欢看的书，都是亦舒、简媜、梁凤仪这一类姜花般人间清醒的作家之书，一般中学女生爱看的琼瑶式甜腻梦幻的言情小说我倒是到了大学里才看。

那时，我向往着成为她们笔下姜花一般的女子，也渴望成为那样的女子，不依赖，不盲从，始终努力而理性，冷静而清醒。

牡荆：温暖而坚强

小时候，在课本里学到"荆棘"两个字，知道是指的带刺的小灌木，学《廉颇蔺相如传》时，见廉颇光着上身"负荆请罪"，看着都觉得疼。

当时并不知道，荆和棘分别是指的牡荆和酸枣，实际上都是很美的植物，而且荆是无刺的，棘才有刺。后来到了中医药大学工作，在药植园见到几株牡荆，圆锥花序，一穗一穗的，开着蓝紫色唇形小花，淡淡含笑一般，仿佛真像是清素又文秀、温暖而坚强的女孩子，当时就惊艳于它的美了。

牡荆耐寒能力非常地强，即使是严寒天气，也不会被冻死。有一年冬天发生了冰冻，气温骤降，药植园里使君子等药植都被冻死了，而牡荆浑若无事，春天里照样绽放出新叶，而夏天里依然开出秀美的紫色小花来。

牡荆花儿跟柳叶马鞭草很有几分相似，它的确也是马鞭草科牡荆属植物。马鞭草是如同薰衣草一般梦幻而柔弱的植物，牡荆看起来也是柔柔弱弱的样子，像是一脸天真的文艺女生，可是它实际上却如此的坚强呢。

不过，诗词和散文中，都少有它的出现。当代作家，也少有人把眼光投向这么一种小草花。牡荆即使是在古诗文中偶有出现，也多是荆棘中的"荆"，无人知晓，也无人懂得它的美。贫家女子见它柔韧，便用它来制作髻钗，总算对它有了几份怜爱，但这份怜爱却是与清贫的悲哀缠绕在一起的。

唐代李山甫《贫女》诗云："平生不识绣衣裳，闲把荆钗亦自伤。"

而它呢，好像也安于不被关注，它虽然柔弱但并不习惯于依附，它只要靠它自己，在风中自在美好就好。何必一定要别人知道呢？只要懂它的生灵知道就好了。比如同为荆棘的酸枣，又如前来采蜜的蜂蝶。

牡荆从来就不爱热闹，甘于平淡，它就是这种性格的植物，并且不愿意改变自己。不依恋任何人，也拒绝任何人的靠近。如此坚强孤绝的姿态，让人疑心它是吃过多少苦，可是它又是如此温柔悲悯，它也是一味清凉的药，以叶入药，具有祛风解表、除湿杀虫，止痛除菌的功效。而且它还是极佳的蜜源植物，可以酿出最好的蜂蜜。

汪曾祺曾问养蜂人最好的蜂蜜是不是枣花蜜，养蜂人回答是荆条蜜："我问他是不是枣花蜜最好，他说是荆条花的蜜最好。这很出乎我的意外。荆条是个不起眼的东西，而且我从来没有见过荆条开花，想不到荆条花蜜却是最好的蜜。"我也意想不到呢。谁知道这柔弱美丽又默默无名的小花儿，竟有着甜蜜而丰沛的灵魂呢？它愿意以此来滋养人们的心灵与脾胃。

并且，牡荆也是美的。尽管它的美，被一再忽略。它甘愿被喜爱它之人驯养，它因姿态优美和花朵清雅而常被人看中，移入家中作为家养的盆景，以自身之美舒畅人类之眼。它怎么可以这么温柔呢？真是懂事得令人心痛。它对自身世界之外的人和事礼貌而疏离，对纳入自身世界的人和事却极尽体贴和善解，就像姜花一样。

我身边有牡荆这样的女孩，并且不在少数，虽然外表看上去柔柔弱弱，骨子里却倔强不服输，不惯向人诉苦，更不想让人看到内心的隐痛，一直努力一直奋斗，背后的辛酸从来不提，笑得双眼弯弯，一脸晶莹明亮。比如，高中时的同桌慧，中学时便在同学家里做家教，一边辅导同学赚取家用，一边自己拼命学习绝不松懈，高中毕业以全县最高分考取北京名校，毕业后留在北大工作，嫁了清华博士，生了两个儿子，每天上班开车奔波往返三个小时，回家还要辅导大儿子功课，给小儿子讲故事。而朋友圈里，她的自拍从来都是阳光灿烂的。如今在这个快节奏的社会，谁又不辛苦呢？有些事情只能自己处理，自己消解。

　　一直都喜欢，清爽、坚韧而又简洁的植物，比如，薄荷、香樟、栀子，等等。如今看到药植园里的牡荆，手指轻轻拂过淡紫色的花冠，心里涌起微微的牵痛。希望自己也能够像牡荆一样，不仅能够继续坚韧成长，还能更加温柔地对待这个世界。

藠头：曾经的和美

其实薤对我来说真的是再熟不过了。薤是我们故乡小城盛产的藠子，它的地下鳞茎就是我们常吃的藠头。

藠头这个名字，便如丫头一般，有几分世俗的亲昵。而薤这个名字，则有了古雅的诗意。

藠头是原产于中国的古老植物。薤叶细长，像是韭菜或者葱叶一般。汉代有一首满蕴悲伤的挽歌《薤露》就以薤叶上被晒干的露水，比喻生命一去不返："薤上露，何易晞。露晞明朝更复落，人死一去何时归。"人生易逝，便如薤叶上的露珠一般，转眼便不见了。而隔了一日之后，薤叶上仍会生出新鲜的露珠，但是人死了，却不可复生了。后来薤露这一意象也常常被引用，唐代裴铏《传奇·封陟》中便有："逝波难驻，西日易颓，花木不停，薤露非久。"

汪曾祺也写过一篇《葵·薤》，在文中写道："薤叶极细。我捏着一棵薤，不禁想到汉代的挽歌《薤露》：'薤上露，何易晞，露晞明朝还落复，人死一去何时归？'不说葱上露、韭上露，是很有道理的。薤叶上实在挂不住多少露水，太易'晞'掉了。用此来比喻人命的短促，非常贴切。"

家乡小城的藠头是很有名的。家乡原本就素有"藠头之乡"的美称，有着近千年的栽培史。现在小城的樟树港辣椒因滋味鲜嫩爽辣被炒成了天价，其实薤头之味美，不在樟树港辣椒之下。

薤头是百合科葱属植物，跟葱很有几分相像，亭亭玉立，小花儿一簇一簇的，像淡紫色的小铃铛。当然，小时候我们并不关心薤头的花，我们关心的是薤头的鳞茎——可以吃的部分。

小城的人们也都喜欢吃薤头，用它来炒肉、炒鸡蛋或者浸辣椒。薤头吃起来特别脆嫩，且有回香，舌尖上都是挥之不去的惬意感，一吃就会上瘾。薤头鳞茎部分和大蒜长得很像，可是更加小巧玲珑、晶莹剔透。吃坛子薤头比吃其他坛子菜更有意思。薤头的鳞茎是一层又一层包裹着的，因此，吃完一层，又露出一个亮晶晶的小一号的薤头，再吃一层，又有更小一号的……跟俄罗斯套娃似的，很好玩，也很好吃。

薤头有很多保健功能，如健脾开胃、止泻散痛等。薤作为药用，早在汉朝就开始了。《神农本草经》中记载：薤头"治金疮疮败，轻身者不饥耐老"。汉代医圣就曾经创下瓜蒌薤白汤，以治胸痹。到了唐时，人们用酥炒薤白，并投酒中饮用。诗人白居易因而留下"今朝春气寒，酥暖薤白酒"的诗句。

但是，吃多了薤头却会引起肠胃极度不适，我小时候就有过深切感受。

在小城里，我们家喜欢做浸坛薤头，就是用辣椒腌制成辣香十足的辣椒薤头。爷爷也喜欢做浸坛薤头，而且做得比爸妈好吃多了。小时候，有一次去爷爷家，爷爷见我喜欢，就给我装了满满一坛子，要爸爸提了回来。

小孩子是不懂忌口的，回到家，就欢欢喜喜地埋头吃起来，吃了一个，又吃一个。爸爸也没注意，由着我吃，自己看着电视。等妈妈回来，我已经吃了小半坛子的薤头。妈妈一看，"哎呀，怎么吃这么多，薤头胀气的！"便赶紧把坛子收了起来，然后开始数落爸爸。

半夜里，我开始肚子痛了，痛得越来越厉害。这下爸爸也慌了，赶紧和妈妈一起送我去医院。果然是薤头引发了急性肠胃炎。薤头原本就带有强烈的刺激性，辣椒薤头更是刺激上的刺激，吃这么多薤头，很容易消化不良且胀气。

这次痛得特别厉害，仿佛几十把小刀在乱戳乱割着小腹。在医院里打点滴消炎我就痛得冷汗涔涔，终于忍不住哭起来了。爸爸慌里慌张跑去找医生，医生过来看了一下说，那没办法，只能忍了，然后就走了。我哭得越来越厉害，爸爸无奈，又慌里慌张跑去找医生，医生也烦了，说，那就只能打止痛针了。

打完止痛针之后才好了一些，我抽抽噎噎地低声哭着，终于勉强睡去。也不记得住了几天院才好了。

　

小时候我是医院的常客，基本上都是吃坏了东西然后急性肠胃炎住院。妈妈生我的时候二十出头，差不多自己还是个孩子，爸爸虽然比妈妈大了五岁，但心理年龄比妈妈还小，又贪玩，有时玩到半夜才回来。妈妈冷着脸等他，然后就爆发大吵。两人又都不大会照顾孩子，经常手忙脚乱。爸爸经常无意中闯祸，然后我就进医院了，妈妈就数落爸爸，爸爸就一声不吭，偷偷瞄一眼我，有点愧疚，有点心疼。然而他始终不改。

有一次是爸爸买了外面不卫生的元宵团子，我吃了又得了急性肠胃炎，又住院了。住院的时候我缠着爸爸讲故事，爸爸一本正经地说都八九岁了还讲故事，不肯讲。结果这次病情比较严重，输液的时候又发生了意外，我休克了，浑身止不住颤抖。爸爸吓得趴到病床上，话都抖得不成声："讲故事……讲故事……"医生赶紧把他拉开，把我推进了急救室。眼前一黑，我就晕过去了。是真正地沉入深不见底的黑暗之中了，四周冰冷无声。那是我第一次那么靠近死亡。

后来才知道，当时我发生了对注射药物的过敏性休克，情况非常危急，我幸好是在急诊室附近输液，急救设备齐全，要是晚几分钟说不定就无法抢救了。等我醒来之后，发现身上都是电视剧里才看到过的急救设备，我居然还戴上吸氧机了。年少不懂事的我除了虚弱无力之外，只觉得好玩，并不明白发生了什么事情。只是抬眼一看，吓了一跳，爸爸眼睛发直，一脸乌漆墨黑。过后几天，爸爸神经恍惚，胡言乱语，碗都打破了几个。那天他真的是被吓到了。

生命真的是如此脆弱，有时候说没就没了。"薤上露，何易晞。露晞明朝更复落，人死一去何时归。"不知道是不是那次与死亡擦肩而过的经历，让我总有一种世事无常的感觉，总是想着要多做一点事情，让生命多一点意义。如果那次救不过来，我该有多少遗憾呢，还有很多梦想没有完成呢。既然救过来了，我一定得好好生活，珍惜生命。

也是这些小时候的经历让我认为还是晚点要孩子好，等自己心智成熟，能够保护和照顾好一个新的生命时再生孩子，孩子也不用受那么多罪。虽然我父母年轻时也有尽力想去做好的父母，但毕竟力有不逮，双双沦为"坑崽小能手"，有些事情现在想想都哭笑不得。

十二岁之前，父母还算得上是和美的。虽然时有拌嘴常有吵闹，但是毕竟心是在一起的，家庭也还算小康，不用为温饱发愁。谁知道后来那么多波折难堪，家道更是一落千丈。父亲终于离开小城，并且渐渐淡出了我的生活。我成了没有父亲的孩子。疼我的爷爷也早就去世了。

我现在都不吃藠头了，更别说浸坛藠头。原本又是在中医药大学工作，耳濡目染，我吃得越来越清淡。藠头的鲜香已经成为遥远的记忆。

2015 年，我出版了一本写故乡小城的散文集，里面写到了很多故乡的花草、动物和美食，却唯独不提曾经钟爱的藠头。因为每次一提起藠头来，我的心就忍不住轻轻的痛。

苦瓜：唯有自渡

苦瓜真苦。

小时候真是不喜欢吃苦瓜呀，也不明白它为何会被当成菜食用。苦瓜长得也丑，一点都不符合小少女的审美，表皮凹凸不平，坑坑洼洼的，环抱着一瓢苦水，像是藏了很多委屈一般。

但父母爱吃。母亲说它清热解毒，夏日里必定是要买了做菜吃的。我夹上一筷子吃了，便不肯吃第二筷，实在是太难吃了。

那时候喜欢的滋味，是生动而丰富的，比如，苹果的甜美、橘子的微酸，以及山竹的清灵、菱角的脆嫩、藠头的鲜香、丝瓜的醇厚……就是不喜欢苦瓜的苦。甚至我想，为何它会被当成菜呢？一般植物的苦味，不就是它因为不想被人吃而散发的有毒之预警吗？而人对苦味也是敏感的，避之唯恐不及的，唯独苦瓜，却得到了人们的青睐，真是奇怪呢。

外婆也许有同感吧，绿色庄园里的各种瓜果，并没有苦瓜。我只知道苦瓜也是开小黄花，而它的成长过程我并没有像丝瓜、黄瓜那样见证和参与过，和它更是疏离。

后来，家庭发生大的变故，父母离婚，父亲离开，因欠债的关系，家里入不敷出，一切都要精打细算，母亲本是心高气傲之人，恰又下岗，然而无一技之长，做过几份工作都未能顺利赚钱，处处碰壁。当她意识到她和父亲一样没有出色的谋生技能时，就开始抑郁了，并且得了眩晕症，动不动就天旋地转，时不时就放声大哭，脸拉得跟苦瓜一般，一度失去了生活下去的勇气，说一些让我听了胆战心惊的话。

那个时候我懂得了什么叫作相依为命，仿佛瞬间长大。我想我一定要照顾好自己，还要照顾好母亲。在母亲又一次说着绝望的话语时，我对她说："妈，相信我，我一定会让你过上好日子。"我的坚定让母亲获得了少许安慰，她平静下来了。

"心之何如，有似万丈迷津，遥亘千里，其中并无舟子可渡人，除了自渡，他人爱莫能助。"我记得三毛说过这话，一切都要靠自己。十几岁的小少女有些悲壮地对自己说，我一定会撑起这个家，心里却在瑟瑟发抖。

兵荒马乱的日子终于过去了。努力过后，一切尘埃落定。我最终考上了很好的大学，选择了热门专业，继续攻研攻博，找到了稳定的工作，嫁给了一个温暖的人。母亲所有的病痛竟不药而愈，恢复了从前的爱好，每天乐呵呵地吹拉弹唱，脾气也回归了年轻时的温和与开朗。生活终于变得平静而安宁，就像小时候梦想的那样。

经历了那么多事以后，我却不愿再回顾那些黑暗如磐的时光。我觉得人的年少时光不应该过得那么沉重，而应该欢乐、愉快、无忧无虑，有时候听到小孩子作文里矫情的"感谢苦难"，便觉得分外刺耳。苦难从来不是要感谢的，它是要被战胜和超越的，没有人会愿意遇到苦难。不愉快的记忆就让它尘封吧。那些沙砾，终究被层层莹洁与坚韧包裹，成为岁月里的颗颗珍珠。至于那些沙砾原本是什么，曾经是如何把柔嫩的心磨得伤痕累累的，那已经不重要了。

我现在依然不爱吃苦瓜。可是先生居然和母亲一样也爱吃苦瓜，夏天里他会做苦瓜炒蛋。我偶尔也会吃上几口，那是因为我已经知道苦瓜的确清热解暑、健脾开胃，对人的身体有益，并不是因为喜欢吃了。

岁月荏苒，原来有些东西是会改变的，有些东西是不会改变的，就像苦瓜，我现在依然不爱吃，像蒜头，我是刻意不去吃它，如果吃了，我必然还是爱的。

芒果：成长与沧桑

芒果是极明亮的热带水果，带有阳光的味道，原产自北印度和马来半岛。它有着"热带水果之王"的美誉。

当时家乡小城只有黑色的干芒果和橘黄色的芒果糖买。到了长沙，才见到了新鲜芒果。芒果因为滋味极甜美，也是甜品店的最爱吧。童年真是特别喜欢这种甜美滋味，含着一颗芒果糖，含在小腮帮里，甜津津的，欢欢喜喜的，日子似乎也总是明亮，可以随时绽出一朵一朵的花来，遇到再困难的事情，也很容易忘记，很容易就开心。

初一时，我曾经把班上同学身上发生过的趣事一件一件细细记录下来，全部写在一个小本子上，全班传看，都看得喜笑颜开。有同学跟我说："你这些都完全可以拿去发表呀。"我说我写着玩的呢。想想那时的自己，真是充满灵性的小女孩，看着以前的日记，竟然总能看到光芒乍现的灵气句子。只可惜在成长过程中，发生了太多变故，灵性到底也磨损了不少，我终于变得静默了。

芒果具有比柠檬更明亮的色彩，却比柠檬更为甜美。我一直觉得，年少时的经历像柠檬，苦涩微酸留有回味固然是好，但是能拥有像芒果那样一味甜美腻人的童年却更是幸福。白月光似的沁凉忧伤，不是每个人都承担得起，更多人想要的，其实是俗世生活中踏实而温暖的回忆，烟火人间的平凡幸福。

如今小区楼下有开一家甜品店。甜品中有"杨枝甘露"，就是用西柚、芒果、西米等做成的，尤其清芬袅袅，就是用像是小少女笑起来微眯着的眼睛，总让人感到特别美好。当然，这种小甜品也属于年少时爱慕的味道吧。可惜故乡小城那个时候并没有这种的小甜品。

年龄渐长，人的口味会越来越趋向清淡，像我现在，便已经不爱甜品了。早上吃的是果酱也不加的全麦面包，晚餐偶尔便是小米粥或者黑米粥。现在已经物欲极低，生活纯简，而心中安宁。有时候学校的学生们爱热闹，一定拉着我一起去吃甜品，我也就略吃几口，微微笑着，陪着她们。

后来看到美国女作家埃斯佩朗莎《芒果街上的小屋》一书，浸透童真的气息，主题是关于成长，关于童年，关于爱的寻找，我读着读着，心中忽然涌动着似曾相识的温柔感动，仿佛自己遗忘的儿时的记忆。

几十枚落落野花般的小短篇，泛泛地讲着人事与云树，如流水般潺潺流动的感觉，如一个小女孩，睁着一双童稚的眼睛，在你面前，细细"讲述成长、讲述沧桑、讲述生命的美好与不易，讲述年轻的热望和梦想"，平淡琐碎的文字，却有一种亲切的温柔，仿佛夏日午后的微凉的风轻轻拂过，触动每一根敏感纤细的神经。这样的书，像一个明丽的小芒果。

埃斯佩朗莎在少年时期一直生活在芝加哥拉美移民社区芒果街，在她30岁那一年出版了这本书。她在出中文版的时候说，虽然你不住在芒果街，但也许在中国也有类似的这样一条街，你在里面度过了整个温暖安全的童年。在书里，成长过程中的泪与痛，欢乐与悲伤，都用诗一般朦胧优美的手法表现出来："你永远不能拥有太多的天空。你可以在天空下睡去，醒来又沉醉。在你忧伤的时候，天空会给你安慰。可是忧伤太多，天空不够。蝴蝶也不够，花儿也不够。大多数美的东西都不够。于是，我们取我们所能取，好好地享用。"

书里写道，她曾念诗给病中的母亲听："我想成为/海里的浪，风中的云，/但我还只是小小的我。/有一天我要/跳出自己的身躯/我要摇晃天空/像一百把小提琴。"

"很好，非常好。"她的母亲用有气无力的声音说，"记住你要写下去，你一定要写下去。那会让你自由。"她说好的，只是那时她还不懂母亲的意思。

她也确实坚持下写去了，无论生活如何烦琐细碎，写作让灵魂自由。她不停地写着芒果一样童话般明亮的文字，救赎自己，也治愈了他人。

我也被这本芒果般的小书治愈了。写作，原本便是这样美好的事情呀。

构树虽然是乔木，但是我所见到的构树，却都长得较为小巧，长得也是随心所欲，旁逸斜出，并不挺拔。它也是不挑地方的好脾气，平原丘陵、温带热带，它都能生长。

构树：风里惆怅隐进

童年时，楼下小庭院和隔壁小花园里的构树叶曾引起我的好奇，怎么会有这种叶子呢？

成熟的构树叶是墨绿色，手掌大小，线条曲折优美，不像一般树叶是边缘平滑的。构树叶表面和背面都是细细的绒毛，摸着像是沙发上的柔软毯子。而刚长出来的嫩嫩的构树叶，颜色青青很讨喜，但也有着更为细软的绒毛，摸上去，真像某种毛茸茸的小动物。

那时喜欢做树叶书签，很偏好香樟叶、石楠叶、卫矛叶一类光滑闪亮的叶子，这些叶子，才适合夹入书中，与书页熨帖相处。我对毛茸茸的构树树叶只是觉得很好奇，也会摘下来玩耍。用小水壶给构树叶洒上几颗水珠，水珠也是珍珠般滚来滚去，很是好玩。

构树是桑科的，桑科植物的果实很多都是可以食用的，而且美味。像桑葚、菠萝蜜、无花果，等等，连榕树的果子也是可食的，构树自然也不例外。

构树春天开花，花极不显眼，也不美貌，小时候几乎没有注意到过。它夏秋结果，果子又被称为楮实子。楮实子见得却是很多了。那时经常摘下来，和小伙伴们玩警察与小偷游戏的时候做"子弹"用。楮实子颜色鲜红，比荔枝果略大，果子表皮也并不平滑，仿佛一个有很多凸起的结晶体，又如同一个小花球。红果子是可吃的，小时候好奇，洗了一颗后轻咬一口尝了下，印象中是淡淡的甜味，但也说不上很好吃。

构树虽然是乔木，但是我所见到的构树，却都长得较为小巧，长得也是随心所欲，旁逸斜出，并不挺拔。它也是不挑地方的好脾气，平原丘陵、温带热带，它都能生长。但是大概因为繁殖能力太强，又算不上好看，构树在大城市里的命运悲惨，常常被铲除清理。但在乡野之间，构树却自由生长，无拘无束。

童年时在故乡小城，构树就几乎是到处可见的，楼下的小花园里就有不少。但是到长沙之后，构树便见得少了。中医药大学药植园是有构树的，小小的有好几株。中南大学南校区荷花池畔也有几株构树，在高大的枫杨、富丽的悬铃木、娇俏的夹竹桃旁，构树显得格外乖巧。那日坐车经过工业职院，忽然发现路边一座石墙上，竟长满了构树，满墙绿油油的叶子。在这一面坚固的石墙上，构树居然把根扎在狭窄的缝隙之中，硬生生地长出了爬山虎的姿态。

也见过野生野长得高大的构树。有一日和我家先生爬岳麓山，从中南大学这边下来，去山脚下中南学子们爱去的一个水煮鱼店吃鱼。那水煮鱼店的鱼汤是用岳麓山的山泉水做的汤，因此喝起来分外清冽鲜美，从我们大学时代，到毕业很多年，它一直在原处，保持着原有的样子，并未搬走，也未扩张。结果那天，我竟在店子旁见到斑驳日光里一地熟悉的小红果子，抬头一看，居然是一株七八米高的构树，枝干坚挺，枝叶繁茂。这么多年了，我怎么从来都没注意过店旁有一棵高大的构树呢？

构树一直活得那么委屈那么小心，这是我第一次看到它活出了一棵大树应有的舒展姿态，它向蓝天伸张着自己的枝叶，为树下的鱼店洒下一片阴凉，坦然接受人们的仰视。但这样的构树，实在太少了。

构树算是没人疼没人爱也没人理的一种野生树种了，虽然它出身于美人大族桑科。不过构树是不在乎这些的，它并不去比较或者计较，照样活得有滋有味、生气勃勃，把自己照顾得很好，再恶劣的环境它也生活得下去，且甘之如饴。

但构树是不解风情，也不懂温柔的，树形没有任何要取悦于人的娇媚姿态。它的花果也并不起眼，它的花不美，虽然果子很甜，但依然无人欣赏。夏秋时节便撒落一地的小红果。它看上去也不难过。它一门心思就是要好好活着，好好拥抱这个世界的阳光雨露，并不在乎别人的眼光。

它似乎也没有什么朋友。除了用它的叶和果来玩耍的小孩子，但长大后的小孩子就很少注意过它了，就像忘记一个曾经亲近的小伙伴。它默默无言，只是轻叹一声，把自己的惆怅隐藏进了黄昏的风里。

活着就好。它仿佛在生死边缘徘徊过几次的人，分外珍惜眼前寸寸美妙的时光。

好像一个人倔强而孤独地走完了一生，对此，他却并不感到遗憾。人生，本来就有很多种活法，自己觉得好便好了，便如草木，也有千百种生命的姿态。

构树其实也算是很好的经济树木了。它的叶子是猪饲料，其韧皮纤维是造纸的高级原料，在历史上因其造纸功能也曾经被重视过。它也是药用植物，根和种子均可入药，可补肾、利尿、强筋骨。中医药学上有记载的关于含有楮实子的方剂就有几十种，比如，补肝丸、补益甘草丸、大还丹、寸金丹等。它还是一种奶萌的植物，全株都含乳汁，乳汁一般的树液也有消肿解毒的功效。

它其实，是怀揣着一身本领和辉煌过往的呀。

水仙：令淑有文的女孩

水仙，水中之仙，仅这名字就有袅袅仙气。幼时家里养过水仙，玻璃花瓶，白色碎石，注满清水。水仙轻舒纤纤绿叶，花开六瓣，花瓣莹洁如玉，如冰片做成的一般，托着金黄的花蕊。

水仙常见的是单瓣花，六瓣，也有重瓣的，十二瓣。单瓣的叫作"玉台金盏"，重瓣的叫作"百叶水仙"或称"玉玲珑"。我只见过六瓣的水仙，简洁清雅，干干净净的，利落而美丽，又有芬芳淡淡。

若水仙拟人，必定是顾盼生辉、体带幽香的窈窕少女，如同凌波仙子，毫无烟火气息。果然水仙这个名字，取得极好。它就是植物中的女神，植物中的神仙姐姐。

印象中小城里养水仙的不少。室内放几幅书画，再放一盆水仙，整个客厅都变得有气质了。而水仙又不娇弱，很好养的，在室内养的话，可以只用清水供养而不需土壤来培植，加上适当的光照和温度就能长得生机盎然，要求简单朴素。

水仙如此花品，自然入诗入画的。邹一桂《小山画谱》里说水仙"叶短花高，香色清微"，评得极当。水仙还和兰、菊、菖蒲一起被人们称为花草四雅。水仙和南天竹、蜡梅一样充满文人雅趣，因此常作为室内的清雅摆设，并被画入《岁朝清供图》。

水仙并不是我国原生的植物，唐代时便已由意大利传入我国。这顾影自怜、雪白清香的花，很得文人的喜爱。水仙冬季开花，它开花之时，正值百花凋零，却毫不招摇，亭亭玉立，且金灿灿的花蕊给人以视觉和心灵上的暖意。在文人的心里，并未把水仙当作一种可堪观赏的普通小花，而是自己风骨和心境的折射，因此对它是一种爱怜和推崇的态度。

宋代黄庭坚赞美水仙"含香体素欲倾城，山矾是弟梅是兄"，素净的含香花儿，与同是香气袭人的山矾、梅花为伍，不屑与凡俗之花做伴。元代赵孟頫也写过一首《江城子·赋水仙》。其中有句"肌绰约态天然，淡无言。"水仙冰清玉洁，一派天然，默默无语，甘于淡泊，并不与凡花争芳斗艳，只独自散发淡淡幽香。正是词人心中所想。清代陶孚尹赞："泮兰沅芷若为邻，淡荡疑生罗袜尘。昨夜月明川上立，不知解佩赠何人？"水仙与泮兰沅芷这些香草为邻，如同罗袜生尘的凌波仙子，夜晚的明月之下，于水边亭亭而立，是在想着把玉佩相赠给谁？

清代李渔爱水仙简直爱到发狂了，他为了水仙，举家搬迁到金陵，就因为那里生长着最好的水仙。他曾在《闲情偶寄》中如是说："水仙一花，予之命也。予有四命，各司一时：春以水仙兰花为命；夏以莲为命；秋以秋海棠为命；冬以腊梅为命。无此四花，是无命也。一季夺予一花，是夺予一季之命也。"

之前我以为水仙一定是种在水里的，就像小城栽种的水仙。但其实栽培水仙不止有水培法，还有土培法。也就是说，真有泥土里长出来的水仙。

英国浪漫主义诗人华兹华斯就曾写过山谷的泥土里长出来的水仙，作下《水仙》一诗："我孤独地漫游，像一朵云在山丘和谷地上飘荡，忽然间我看见一群金色的水仙花迎春开放，在树荫下，在湖水边，迎着微风起舞翩翩……每当我躺在床上不眠，或心神空茫，或默默沉思，它们常在心灵中闪现，那是孤独之中的福祉；于是我的心便涨满幸福，和水仙一同翩翩起舞。"自然之美，能让人的心得到永久的安慰与滋养。读研的时候，我学的是比较文学与世界文学，当时特别偏好浪漫主义文学，尤其喜欢华兹华斯这位湖畔诗人关于自然与植物的诗。他隐居于湖畔，遵循内心，不理俗世，与诗人柯尔律治合作的《抒情歌谣集》，就如同水仙花儿一般清新而灵秀。

水仙别名众多，也都是仙气袅袅的，如，凌波仙子、落神香妃、玉玲珑、姚女花等。在东方神话之中，水仙是尧帝的女儿娥皇、女英殉情投江后所化。在希腊神话之中，水仙则是美少年纳西塞斯因为恋上自己在湖中的影子，从而化作临水照影的水仙。从此，水仙便成了自恋的代名词。不过这也没什么，本来待在自己的世界里，自顾自美丽，也未必不是一种生活的方式。你可以选择独善其身，也可以选择兼济天下。这人生，本来就众生百态，也因此而繁复多姿。

关于水仙别名姚女花的名字还有一个传说，清代《广群芳谱》中记载："姚姥住长离桥，十一月夜半，大寒，梦观星坠于地，化为水仙花一丛，甚香美，摘食之，觉而产一女，长而令淑有文，固以名焉。观星即女史，在天柱下，故迄今水仙花名女史花，又名姚女花。"

说的是一位姓姚的妇人姚姥，她一个人住在长离桥。她没有亲戚朋友，从来是独来独往，众人瞧着也觉她太孤单了，姚姥自己自然更觉寂寞。尤其到了秋冬季节，寒风瑟瑟，心中凄凉之意，实在难以形容。

十一月的一个夜晚，特别寒冷。姚姥紧闭门窗，依然觉得寒意侵人。她仿佛睡着了，却睡得不大踏实。这门窗闭紧了，也觉得有点憋闷。朦胧中，姚姥走到门口，推门而出。这天空都被冻得硬邦邦的，星星倒显得格外的明亮，闪闪烁烁的。

忽然有一颗灿然大星，从天上飞快地坠落下来，越来越近，越来越亮。姚姥还没反应过来，那大星便已经坠落在地，化作一丛水仙，亭亭玉立，更兼洁白芬芳。

姚姥只闻见水仙馥郁芬芳，不由得神魂俱醉。于是，她忍不住伸出手来，把那株水仙花摘了，把一瓣瓣花瓣吃了下去。竟是说不出的甘芬醇美，满口生香。

就在这时，姚姥忽然清醒过来，这才知道，原来，刚刚做的，是一个梦。

但是，却又是一个真实的怪梦——因为姚姥的肚子开始痛了起来。很快，她便生下了一个粉妆玉琢的女孩子。

姚姥抱起这个女孩子，越看越喜欢，真是漂亮极了。

这女孩子长大之后，容貌美丽自不待言，性格也是淑惠，而且还有文才。

她也许就是水仙的精灵吧。

这个美丽的故事，也许是一个想生女孩子的妈妈编造出来的，希望吃了水仙花，能生出水仙花一样的女孩子来。知道这个记载后，我看着水仙的时候也多了几分喜欢，仿佛水仙真是可以幻化成一个"令淑有文"的女孩子。

雪松似乎比其他松种要来得更亲切，见得更多。校园里有种很多，在中南大学文新院前，则是种着一排雪松，气场十足。

雪松：空山松子落

雪松似乎比其他松种要来得更亲切，见得更多。校园里有种很多，在中南大学文新院前，则是种着一排雪松，气场十足。在庭院中，雪松因气质卓绝超然，也经常是独一棵种在中心，周边再种一圈小灌木。记忆中岳麓书社也是如此。

在少年时的好友丹青姐家的一本杂志上，曾看到一首海涅写的小诗《一棵孤独的松树》："有一棵松树孤单单/在北国荒山上面/它进入睡乡：冰和雪/给它裹上了白毯/它梦见一棵棕榈/长在遥远的东方/孤单单默然哀伤/在灼热的岩壁上。"

那时特别喜欢这首诗，反反复复念诵，都可以背了。我觉得诗人其实是用松树和棕榈比喻自己和爱而不得的人。他们旷世孤独，也旷世温柔，相隔遥远，心有灵犀，却永远不能在一起，这爱情，美丽而哀愁，苍茫而深沉，宛如冰雪般洁净。

幼小的我当时固执地认为，这诗里的松树，显然就是雪松，只有雪松才有这样温柔而又忧伤的寄托与寓意。

丹青姐家有极大的书柜，藏书很多，那时特别喜欢到她家里去玩。她也极安静，我们在一起，就是坐在书柜旁静静看书，间或聊上几句。她会放一些极具古典韵味的轻音乐，整个屋子便浮动在月光般的音乐声中。我记得她床头有一个少女头像的浮雕，消瘦优美，有点像她。我暗暗地想，丹青姐长大后，该有多美呢，怎样的男孩子才能配得上她呢？

只是后来，我跟丹青姐也走失在时光中了。读大学后，我很少回小城，后来就再没见过她了。大一的时候，长沙下了一场很大的雪，一早醒来，整个世界已成童话。下了大雪之后，岳麓山下校园里雪松墨绿色的松针上压着沉甸甸的白雪，凛然而高洁的气质，很像一名俊朗军官。我便忽然想起海涅的《一棵孤独的松树》来，不知道这校园里的雪松，有没有它所思念的长在岩壁上遥不可及却又心有灵犀的棕榈树。又不由得想起丹青姐来，她是否一直保持着当年读书听音乐的习惯呢，有没有遇到如同雪松和棕榈树一般心有灵犀的爱情呢？

雪松有一种清气。这种清气和一般的花香大不一样。雪松木中含有丰富的精油，经蒸馏还可得芳香油，能治疗粉刺以及皮疹。日本紫式部的小说《源氏物语》中有极美的一段："忽然经过一处宅邸，已经荒芜不堪，庭中树木繁茂，竟像一片森林。一株高大的松树上挂着藤花，衬着月光，飘过一阵幽香，引人留念。这香气与橘花并不相同，另有一种情趣。"这松树的香气，就是指雪松的清气吧。

雪松木材轻软，不易受潮。因此可以作为重要的建筑用材。乌拉圭女诗人胡安娜·伊瓦沃罗《清凉的水罐》中，写她有一个小小的果园，她常把摘下来的果子放进雪松木柜子里。当打开雪松木柜子时，一股香甜柔和的气息顿时充满厨房。仿佛果园的灵魂被藏在古老的家具里，然后突然把它放出来似的。

雪松既坚韧，又清秀，因此也常用来做人名。元代著名书画家赵孟頫便号雪松道人。他和妻子管道升成婚时，都是大龄男女了，但婚后却情投意合，异常幸福。婚后，他们二人共同研究书法，一个作诗，一个画画，情投意合，心意相通。婚后管道升绘画技艺有了极大的提升。她说："操弄笔墨，故非女工。然而天性好之，自不能已。窃见吾松雪精此墨竹，为日已久，亦颇会意。"那句"吾松雪"，几多甜蜜。

雪松的松针细而且尖，拔一根便可以当针用。读研时，夜晚在中南大学的十四舍看书，窗外树叶婆娑，送来清芬之气。正看到徐志摩的一首诗："我想攀附月色/化一阵清风/吹醒群松春醉/去山中浮动/吹下一针新碧/掉在你的窗前/轻柔如同叹息/——不惊你安眠"，便觉心中恬静温柔。这诗中的一针新碧，就是雪松的针叶吧。

雪松也产松子，虽然不如红松松子那么多见。看梭罗《野果》中说雪松结淡蓝色果子，美得超凡脱俗。在山里摘松果和捡松果，捡回的这些松果在他房间里散发着酒香，就像他屋里放了一大桶酒或者蜜糖一样，很多人会喜欢这种气味。

唐代韦应物这首诗《秋夜寄邱员外》里所写到的松子，并没有指出是哪种松树的松子，不过，我愿意想象成雪松。

那是千年之前的一个凉爽的秋夜，韦应物独自在山里散步，忽然想念起朋友来。山中安静无声，听得到松子坠地的细微声响。他想起那位久别了的朋友，现在也还未入眠吧。他随手写下了一首诗："怀君属秋夜，散步咏凉天。空山松子落，幽人应未眠。"

空灵虚静之景，只有那松子的芬芳浮动在清凉的空气中，仿佛已脱离俗世红尘。该是很深的友谊，很好的朋友吧，才在这万籁俱静、与世隔绝的山中也会升起一缕悠悠思念。

含羞草虽然含羞，但并不香，而且植株大部分都披有利刺及刺毛。它不像碰碰香那样软萌可爱，而是更加敏感而戒备。

含羞草：腼腆的人儿

一种植物，既有灵动通透的气质，又有令人安心的温婉感觉，那便会是极迷人的。但能糅合这两种感觉的植物非常少。含羞草便是其中一种吧。

但我和含羞草遇见得相当之晚，到了工作多年以后才遇见，结果一见如故。

第一次看到含羞草，是在三亚旅行的时候，一个完全没有想到的场景。路过停车站加油的时候，我们纷纷从车上下来休息。我忽然发现，那车轮旁水泥地面龟裂口子露出的一小块黑色泥土上，竟然冒出一朵粉红色的小火球一般的花。这样恶劣又危险的环境，居然能长出这么秀美的小花？宛若一朵明亮的嫣然笑容。

忍不住俯下身去，细细欣赏。这小花只有纽扣大小，植株细巧，柔柔弱弱的感觉，但花色灼灼，明光耀眼，放射状的花丝如同一场小小的烟火，让人的心不禁欢喜起来。它的叶子为羽状复叶，像一只只纤巧的手掌。细看它的花和叶，很像小区里的合欢花，我不由得想起和合欢花同科的含羞草来。这难道，就是传说中的含羞草吗？

轻轻碰一碰它柔美的羽状叶子，它果然仿佛触电一般，迅速收拢了起来，像真的害羞了一般。植物真的也可以这么敏感？太可爱了吧。我忍不住又碰了另一片叶子，马上它也垂下头来，仿佛老舍笔下的那个容易脸红的女子：

"人间的真话本来不多，一个女子的脸红胜过一大段长话。"

它如此坚韧，如此美丽，却又如此腼腆而温柔。这种"反差萌"把我迷住了。

见到含羞草，我忽然想起童年好友丹青姐来。丹青姐也是特别羞涩腼腆的一个女孩。我觉得我虽然安静，但并不胆小，丹青姐就是又安静又胆小的那种，个性非常可爱。小时候我是常常到她家里去看书的，她也来我家，但是一定要我领着她来。有一次她一个人到了我家门口，不敢敲门，又折回去了。她妈妈见她回来这么快，很是奇怪："到觅觅家去了？"丹青姐回答："怕来开门的不是觅，我就不好意思，没敢敲门。"后来，她妈妈就把这件事当做笑话讲给我听。

不知道现在丹青姐是否还像少女时代这样容易害羞呢？如今这世上，腼腆的人真的特别少见，腼腆的植物也同样少见。因其少见所以珍贵。纳兰容若曾在词中写过一个"见人羞涩却回头"的盈盈少女，徐志摩也曾用水莲花来比喻羞怯得令人怦然心动的女子，最是那一低头的温柔呀。

在大学里我常写校园微型小说，有一次就以丹青姐作为原型，写了一个羞涩女孩子的爱情故事。结果我同学看了这部小说，笑道："你写的不就是你自己吗？"我诧异，仔细再看了那篇微型小说，果然看出与自己的某些相似来。是的，你朋友的身上，总有你自己的影子。

和含羞草同样动人的还有一种叫作碰碰香的植物。它有点像薄荷，唇形肉质的叶子，碧青碧青的。轻轻碰触一下它的叶子，它便如触电一般，瞬间散发出仿佛薄荷一般清新的香气。这香气并不馥郁，淡淡的，却有着微微的甜蜜。很像是少女遇到初次恋慕的人儿时的心情。

含羞草虽然含羞，但并不香，而且植株大部分都披有利刺及刺毛。它不像碰碰香那样软萌可爱，而是更加敏感而戒备。相比而言，碰碰香像是被保护得极好而不谙世事，内心对一切还抱着美好憧憬的女孩，而含羞草则仿佛吃过苦、受过伤的姑娘，对人和事都不那么信任了。虽然二者外表看起来，都那么羞涩腼腆。

含羞草也是一味中药，全草入药，清热解毒，让人宁心安神，因此它能治疗失眠和吐泻。此外，它还可以用于目赤肿痛、深部脓肿、带状泡疹等的治疗。

我初工作时，也是因为比较拼吧，引起抵抗力下降，结果后腰和背上生出一串串燎泡，火烧火燎的，不能触碰的痛。但燎泡总会跟衣物碰到，痛到无法描述，只能咬牙默默忍住。后来才知道有人描述这种疼痛"完全不能忍"，需要服用止痛药物。当时我居然硬生生地抗下来了。去了中医院，医生诊断是带状疱疹，并龙飞凤舞地开出药方，我就拿着药方去药房抓药。当时痛得厉害，都没细看，不知道开的药里有没有含羞草。虽然医生建议住院一周，但人年轻的时候，通常听不大进医生的话，还是照常上班，只是按时服药。不久，便痊愈了，只是腰背上留下了大片的淡红色痕迹，过了一年多才完全消退。想到这么一株害羞的小草，居然可以是疗愈我曾经病症的一味良药，心里不由得满是温柔。

含羞草是具有毒性的，入药不能单独服用，需配合其他药物来调和毒性。在家里可以养含羞草，但是也要小心，不能放卧室内，也不要被小朋友吃到或者扯到了。

含羞草植株非常敏感，因此，它竟然还可以预测天气和地震。查询资料得知，可通过触碰含羞草叶后根据其闭合下垂的速度来判断天气变化；如果含羞草叶突然萎缩枯萎，那么可能会有地震发生。

所有植物，我都是爱的。植物之中，我最喜欢的是薄荷，在真正认识了含羞草之后，最喜欢的植物，可就又添了一种。

白兰：
姑娘走过
的地方

白兰花是象牙白色，看起来像是民国时期文文静静的少女，香气很甜润，极浓郁，像是桂花香一般，却更多一份清纯之感。

白兰花夏秋开花，又叫缅桂花、白缅花，白兰花和含笑花是同属，都是木兰科含笑属，都是白色的香花。但二者长相很不一样，含笑花花型较小，花瓣较短，而白兰花花型较大，花瓣细长。

含笑属的植物还有黄兰，也称黄缅桂，香气比白兰花更柔润馥郁，清甜清甜的。含笑属植物，真是一个比一个笑得醉人。宋代杨万里曾经写下一首小诗《白兰花》："熏风破晓碧莲苔，花意犹低白玉颜。一粲不曾容易发，清香何自遍人间。"白兰花宛若少女粲然一笑，便有清香弥漫人间。

在苏州旅游的时候，常看到卖白兰花的年轻姑娘，操着一口甜脆的吴侬软语叫卖着，声音像含了一夜江南的雨水，凉沁沁的。想起卞之琳的一首小诗："我在散步中感谢/襟眼是有用的/因为是空的/因为可以簪一朵小花。"别一朵白兰花在胸口，甜香浮动，是多么美的一件事。好像整个花园的花儿都轻轻开在了心里。

董桥写过一篇《云姑》，写他邻居家的姐姐云姑悲欢离合的人生。那时生得标致的少女云姑还在读中学，却已和一个流浪画家相恋，宛若庭院里的白兰"婉婷里裹不住翻跶的媚思"。小男孩喜欢这个姐姐，也支持他们的相恋。云姑也喜欢他，常提醒他摘几枝白兰花送给她，别让她房间里的玻璃花瓶老空着。尔后云姑这段恋情却不了了之，北上大陆升大学。小男孩记得她离开的那天，白兰树上尽是待放的花蕾。云姑后来又经历了几段婚姻和爱情，终于嫁去了美国三藩市。她给当年的小男孩寄去了一张贺片，上说："邻居送我一株白兰花，这里天冷，只开过几次小花，总算唤回了你的童年和我的青春。"这篇文字从头到尾都氤氲白兰的香气，如同旧时女子秀丽的沧桑。

从一些旧书里看到，很久很久之前，长沙街头也有叫卖白兰花的老婆婆。但那是属于老长沙独有的风情。可是我来到长沙之后，并没有见过卖白兰花的老婆婆。小姑娘也没有。

内心深处，很向往在街头买上几朵带着水露的白兰花。不过白兰花也许只属于老长沙。那昔日古城长沙，让我觉得神秘而又向往，仿佛已经是一个沉淀着民国风情的传说。因此也一度迷恋民国往事，看了很多关于民国女子的书。彼时，乱世浮沉，情感迷离，而白兰花一般沉静通透的女子，便成了这民国世界里的临水照花人。

有一次长沙市图书馆举办活动，是为气味博物馆。不由得触动了童年心事。在故乡小城时，看过一个童话，说有一位老婆婆给小女孩送了一个小盒子，小女孩打开小盒子，空空如也。她正准备丢掉小盒子时，忽然闻到极其馥郁的气味，那是她所喜欢的所有的香气糅合在一起的美妙气息。于是那时我就涌起了一个幼稚的愿望，希望也能有个神奇的小盒子，能装进所有美好的植物气味。长大后当然知道不可能，但没想到还有气味博物馆这样的存在。以后有没有可能，我自己建一个草木气味博物馆呢？

信步进入气味博物馆，轻轻举起气味瓶，一个个仔细闻了起来。那栗色气味瓶的名字十分唯美，如"初秋艳阳下晒在藏家乐院子里的被单""妹妹穿上了新衣服"，但最清美芬芳的气味，来自于一个叫作"姑娘走过的地方"的气味瓶。这个美好的名字，让我想起了白兰花的气息。

白兰花，也让我想起人文书店。每个城市，都会有这样的一方净土吧——

一间人文书店，静，而且美。每到一个城市，我首先会去找这个城市的名校，然后，就是这个城市的书店。在城市邂逅一家人文书店，是在与这个城市的灵魂相遇。

在书店里的时候，时光过得很慢，很悠然。看到有些疲惫了，便抬起头，看看书店，看到很多和我一样沉浸书海的人，便低下头继续看。

有的时候，会刚好碰上书店里的文化沙龙或者文学讲座。主讲人也许是名门大家也许是小众写手，但听众们都极认真。灯光晕黄柔和，罩着一群理想主义的人，让人觉得，现实其实也没那么冰冷。真如某个书店曾镌刻的一句话："在这个世界上，一部分人的趣味，另一部分人永远不懂。"

少年时，对未来有过很多的梦想。我也想开这么一间小小的书店，可供灵魂暂时驻足和休憩。或者，开一家花店。卖白兰花、姜花、栀子花、玉簪花、茉莉花这些洁白馥郁的香花。

那些素朴的白色花朵里，藏着一个小而温柔的世界。就算这俗世再喧嚣浮躁也好，也要让心在尘埃中开出一朵一朵清香的花来。

猪笼草：谁能真正了解

　　因为教授有关于中医药与文学的选修课程，又出过一本关于中药文学的
书，一位外省医科大学药学院的老师便通过微信公众号联系上了我，我们就
文学植物学聊了一阵。他本是教药用植物学，但他这几年来拓展成了几门新
课：民族药用植物学、古代文学植物学，然后又进军法医专业，开设法医植
物学，带领学生们进行植物探案。

　　法医植物学？植物探案？这也太有趣了吧。

　　我猛然想到了猪笼草，令人生怖的猪笼草。猪笼草，时刻都在准备犯案，
时刻都在酝酿着一场妖艳却凶残的谋杀。

　　猪笼草又叫水罐植物、猴水瓶、猪仔笼、雷公壶等。这些名字都不是一般
的难听。而且，猪笼草的确是个杀手，还是个杀虫不眨眼的昆虫杀手。是的，
它是一种食虫植物，是一种不吃素的冷酷植物。

　　猪笼草并不是某一种植物，而是猪笼草属全体物种的总称，是一个庞大的
家族。查询得知，其属植物全世界有野生种约170种，另外有园艺种超过
1000种。它原本是生长在印度洋群岛、马达加斯加等潮湿热带森林里。广东、
云南等省也有这种植物。现在长沙园艺市场上也有卖的。

　　猪笼草拥有一个奇特、艳美又恐怖的器官，这就是它的捕虫笼，又叫作捕

虫囊。这个捕虫笼完全就像一个微型的圆筒形猪笼，笼口上还有盖子。捕虫笼颜色浓艳，是从碧绿、金黄到玫红的渐变色，笼盖和内壁会分泌甜蜜的香气，引诱来循香而至的好奇小昆虫。小昆虫想要贪婪地啜饮琼浆，但却不想遭遇了毫不留情地杀戮——它飞到光滑的笼口，不幸滑落笼内，然后笼底分泌出液体，无情地淹死了无辜的它，并分解虫体，进而消化吸收。

　　这一场捕食与杀戮，惊心动魄又无声无息。小昆虫追逐植物的美貌和甜蜜而来，是出于它的本能，但猪笼草却利用它的本能诱惑了它，并捕猎了它。我在一家花卉市场上看过它捕食，见到小昆虫毫不知情地落入它的陷阱之时，不知道为什么，有点难过。

　　飞蛾扑火是本能，这小昆虫扑向猪笼草也是本能。假如它明白它的命运，它还会扑向猪笼草吗？也许还会吧。它无法拒绝那蛊惑的魅力，只能心甘情愿沦为它的猎物。可是猪笼草又有什么错呢？如果猪笼草像栀子一般安静温柔，它如何生存在弱肉强食的热带雨林呢？热带雨林也不长栀子。捕猎也是猪笼草的本能。

　　猪笼草的捕虫笼是由它的叶子异变而来。当它长出新叶之时，在笼蔓末端便已长了一个小小的黄褐色捕虫笼。当小笼子长到豌豆大小时，便会渐渐膨胀，颜色也会转为艳丽，并出现花纹和斑点。笼口处的唇也会变得丰厚宽大，并同样呈现出勾魂夺魄的艳色。这时捕虫笼已成熟，可以捕获小昆虫了。

　　猪笼草也开花，种植多年后，它会开出绿色小花，也有紫色的。花虽然开得繁茂，但长相欠佳，称不上好看，甚至可以说相当难看，因此并没有观赏价值，人们也不会多看它的花一眼。它的花也没有什么香气，夜晚更是有强烈臭味。它本来也不在乎自己花的颜值，它的美丽全部集中在用来谋生不谋爱的捕虫笼上了。

　　中学时我特别喜欢生物，看过很多跟生物有关的书。发现食虫植物还不少，并不止猪笼草。还有捕蝇草、茅膏菜、瓶子草，等等。它们和猪笼草一样，都是利用自身明亮的色彩和甜美的液汁来吸引昆虫，然后杀死它们。捕蝇草长有明艳的贝壳状捕虫夹。当有小虫子不小心飞到捕虫夹中时，捕蝇草会迅速关闭虫夹，将小虫子锁于其内，并分泌液体进行消化。茅膏菜会吸引昆虫落在自己叶子上突出的"腺状触须"上。瓶子草则是吸引昆虫掉进自己的瓶状囊袋里。

原来，植物界也如此看似平静却暗流汹涌。植物也并不是一味的温良美好，它也会伪装，也会蛊惑，也会杀戮，也会心狠手辣，毫不留情。

年岁渐长，日渐成熟，开始理解这个社会的复杂性和多变性。虽然我已经能理解猪笼草迫于生存的不容易，但还是不喜欢它。有人说可以买猪笼草来抓蚊子，而我还是实在不想离它太近，毕竟是太邪恶的植物。尼采曾道："与恶龙缠斗过久，自身也成为恶龙；凝视深渊过久，深渊将回以凝视。"因此，最终没有买，宁愿在室内点电蚊香或者放置一盒打开的清凉油。

一直以来，喜欢的还是温良如玉的人和植物，在这个浮躁喧嚣的社会，能坚持安静和美好，这是多么难得的事情。

臭牡丹的花期很长，开花时同时也是果期，资料上查到花果期为五到十一月。

臭牡丹：妩媚又邪恶

臭牡丹其实很美。在湖南中医药大学药植园里，就有不少臭牡丹。去药植园徜徉时，常常见到。

最开始是不认识臭牡丹的。在药植园漫步时，我先是看到了一朵开得璀璨的花，许多紫红色的小花挤在一起，鼓鼓囊囊的小花球一般。它的颜色是如此娇艳亮烈，像是眼眸异常明亮却又带着几分慵懒的妩媚女人。花型有点像绣球花，却比绣球花来得秀气。蹲下身细看，这小花儿的雄蕊和花柱都是伸出花朵之外的，因而这花球看上去又有了毛茸茸的萌感，很想伸手去摸一摸。

于是给这株药植拍了张照，然后再去看药植名字。这么漂亮的花，居然叫作"臭牡丹"，大感惊异。臭牡丹的植株的确有强烈的气味，生得又十分美丽，几乎不逊色于牡丹，于是便得名"臭牡丹"。它另外有名字叫作"臭八宝""臭枫草""臭珠桐"，可谓唐突佳人。不过因为这几个名字，我便不敢凑前去闻了。

花本是芬芳清香的代名词，臭牡丹非要反其道而行之，也算有个性了。它另名"大红袍"，这自然是因为它紫红色的花球而得名了。臭牡丹的这个名字，一点都不温柔，而显示出泼辣辣的生动。

臭牡丹的花期很长，开花时同时也是果期，资料上查到花果期为五到十一月。但药植园里的臭牡丹，基本上就开了整个五月，六月就差不多谢尽了。臭牡丹的果子也是一簇簇紫红色的小果球，和花的颜色完全一致。

臭牡丹也不金贵，也属于田间乡野常见的小草花，生命力很强。中药中的臭牡丹一味即来自臭牡丹的根、叶，具有祛风解毒，消肿止痛之效。妈妈说她小时候在茶湖潭乡，家里是种着臭牡丹这些药植的。外公外婆都是民间中医，开药有时会要用到臭牡丹。对于妈妈来说，臭牡丹是很感亲切的。她还记得他们小时候吃过臭牡丹煮蛋。我问过外婆，外婆说臭牡丹煮阴阳蛋可以治偏头痛，是民间的方子。她还曾用臭牡丹杆和根连同生姜、红糖熬成药汤，给病人治疗关节炎。

不过从我记事开始，外公一家就搬到了县城的文星小镇里，再也没有用园子来种草药，外婆后来虽然在顶楼开辟了她的绿色庄园，但也只种植果蔬，不种药植了。我小时候是没有见过臭牡丹的，对它从未亲近，也不了解，因此在学校药植园见到它，也不过惊鸿一瞥，只觉得它是有个性的美，并未觉得有其他特别的魅力。

后来看作家谢宗玉的《遍地药香》，开篇就写臭牡丹，说它"邪艳"，是"花之女巫"，整个瑶村的五月都是臭牡丹的天下，少年的灵魂好像一直笼罩在它艳丽的身影和浓郁的气息之中，"凡沾染过它的人，它就会把这人的命运写在时光幽暗的河流上。"《遍地药香》中的文字，散发着湘南大地神秘的巫蛊的气息。

不过，臭牡丹的邪艳让我感到很是惊讶。如果我童年时也遇到臭牡丹，会是怎样的感觉呢？印象中，在湘北那个水边小城，童年遇到的植物，都是香樟、栀子、含笑、泡桐这类性格温静清香的草木，它们浸润到我的灵魂之中，使之也有了某种温静清香的意味。湘北小城的恬静温柔，原本就更近似于江南小镇的清纯感觉，虽然骨子里仍是湘楚巫风。臭牡丹这种花儿，如果我童年时遇到，可能也只是会像香樟、栀子那样存着一份好友或者玩伴般的温馨与柔情。

乡野之间，草木疯长，自由又酣畅，待到小城里来，则知道分寸，添了规矩，也远了彼此。生在乡野之中，人们与草木耳鬓厮磨，会觉得更加亲近，也会被它们不经意刺伤，可是可以取叶食用，取花吸蜜，随手一拾便是养心治病的良药。因此，对草木会有恋人般又爱又恨的浓烈感情。县城里的植物，基本上都被富养，多用来观赏，温文尔雅，保持着适当的距离，人们和植物彼此不会被伤到，彼此相处得融洽而又疏离，这样的话，人与草木之间会更加类似于朋友吧。

就个人而言，在小城中长大的我会习惯并喜欢上与草木的这种朋友般的关系，因为友情比爱情来得更为长久。但是，我也不得不承认，乡野之间，人与草木的亲近与缠绵，实在是太迷人又令人向往的。

白茅：
其美如玉
的恋人

　　《诗经》中的人性向来健康舒展，有这么一首野花般大胆清凉的《召南·野有死麕》："野有死麕，白茅包之。有女怀春，吉士诱之。林有朴樕，野有死鹿。白茅纯束，有女如玉。舒而脱脱兮！无感我帨兮！无使尨也吠！"

　　这首小诗说的是：西周时期，一位青年猎人用白茅束起了一只刚刚打死的鹿，到树林里来找他心爱的姑娘，要把鹿肉作为礼物送给她。见到其美如玉的恋人之后，青年不自禁地心生欢喜，想和心爱的姑娘亲近亲热，忍不住动手动脚。姑娘立刻提醒他，动作轻缓一些，不要动了她的衣裙，小心惊动了她家的狗。

　　这是一幅颇有喜剧色彩的山村小青年恋爱画面。自然萌发的情爱，洁净蓬勃的欲望，如同天上的流云地上的泉水，是再舒展自由不过的事情。青年大胆主动，而少女也并不忸怩，虽然免不了有些微的娇羞。"有女如玉"，只四个字，便勾画出一个玉一般皎洁温润的女子，蕴含着青年对她的心动与爱惜。清人姚际恒道："此篇是山野之民相与及时为昏姻之诗。"

　　与这首小诗类似的，还有《诗经》中的《墉风·桑中》："爰采唐矣？沬之乡矣。云谁之思？美孟姜矣。期我乎桑中，要我乎上宫，送我乎淇之上矣。""桑中"就是桑林之中。春日里桑林绿意盈盈，青年男女相互心仪，于是便走入桑树林中，任凭情欲如花绽放。浪漫缱绻之后，两人难舍难分。姑娘送走了青年，一直送到了淇水之上。后来，"桑间濮上"，就成为男女幽会场所的代称，令人联想到最原始也最洁净的情欲。

少年时读梁羽生的武侠小说，梁公写到男女主人公情感的高潮部分，往往总是说，他们实现了生命的大和谐。比如，看的第一本梁公小说《广陵剑》，说陈石星与他的恋人云璐，"一双红豆跌在地上，松枝火光，恰好也给穿过窗缝的冷风吹熄了。在黑暗中，不，是在他们幻想中的色彩绚烂的世界里，他们获得了生命的大和谐。"那时完全不懂什么叫作生命的大和谐，只觉莫名其妙。后来长大了知道后，却忍不住笑梁公笔端的含蓄了。而那林中鹿旁、桑间濮上绽放的爱与欲，不就是生命的大和谐吗。

而这首诗里出现的白茅，则是一种禾本科白茅属植物，是在乡野之间常见的小草花儿，城里有但不多见。春天里白茅生芽，布地如针，因此又有"茅针"之称。听我在农村的初中同学说，这种嫩嫩的草芽是可以吃的，直接剥开可以看到洁白的芯，滋味甜滑。而当时住在县城里的我就没有吃过白茅嫩芽，听着很向往。乡野之间人与植物就可以相互缠绵，相互占有，而城里就做不到。

这白茅嫩芽又称"荑"，如同美人素手一般洁白柔嫩，因此素手就有"柔荑"之称，《诗经·卫风·硕人》就曾称赞庄姜手如柔荑，柔荑给人以一种温暖美好之感。

白茅在《诗经》的其他诗中也有出现过。在《邶风·静女》中，那位等待着"静女"的青年男子得到了女子从郊外采来赠他的一根荑草，他对此珍视得无以复加，认为那荑草美好又珍异。其实，并不是荑草生得有多么美，而是他感念美人相赠的深厚情意："自牧归荑，洵美且异。匪女之为美，美人之贻。"这里的荑草，也就是白茅。

另外在《小雅·鱼藻之什》中，古代的一位弃妇也在伤心地吟唱着："白华菅兮，白茅束兮，之子之远，俾我独兮。英英白云，露彼菅茅，天步艰难，之子不犹。"这里的菅草是一种和白茅很相似的植物，又叫菅茅，二者外形形状几乎一模一样，只是开花的时候不同，白茅夏天开花，而菅草秋天开花。

白茅开花时，穗状花序的花蓬松松，毛茸茸的，如同小小的绒花一般，伸手触碰，只觉轻盈滑软，有点像芦苇的花。到了秋天里，花就枯萎了。白茅茎秆细长直立，特别柔韧，因此经常用来做捆绳或者搭建屋子。像《野有死麕》中，就是用白茅来捆鹿。

白茅的根也是洁白的。六月白茅可以挖根食用，《本草纲目》中说："其根如渣芹甜美。"可见白茅的根也是美味的食品。茅根也可入药，《本草纲目》记载：白茅根味甘、性寒、无毒，可治疗温病热哕、肺热气喘、体虚水肿等症。

枫杨：绿野仙踪

在中南大学主校区入门口那里，种着几棵高大的枫杨。春天里，枫杨开花，它的花序是荑荑花序。雄花序生长在前一年枝条上的叶腋痕处，雌花序则是挂在枝条顶端，花期过后，毛毛虫一样的花序会整个脱落。

花落下之后，一串串的翅果便长出来了，很小清新的感觉。伸手一摸，是薄脆的革质。整个夏天，都能看到枫杨上垂下串串榆钱一般的翅果，平添几分柔美。风一吹来，一串串小翅果玲珑可爱地摇曳着，仿佛古代女子鬓发旁簪着的步摇。

因为这些宛若玲珑心的小翅果，也因为它柔美的青绿色羽状复叶，会觉得枫杨是一种很女性很温柔的树。据《草木便方》中载：枫杨树皮、叶、果等部位均可入药，枫杨皮可清热解毒、祛风止痛，叶可治烂疮、火灼、痢疾、止血杀菌，果可治疗溃疮。原来枫杨也是一味清凉药剂，对这个喧嚣尘世满怀了悲悯之心。

南校区荷花池和紫藤长廊那里也有几棵枫杨。其中有一棵特别高大繁茂的枫杨的枝叶有大片都垂在了水面之上，如同临水照影人。小翅果也串串垂着，倒映在碧水之中，颜色非常清澈透亮，映得眼睛也清亮了。而因为离池边近的关系，站在岸边，倒映在水里的小翅果的每一枚小翅膀也看得很是清晰。让人不由得生出"绿野仙踪"之感。

大学时我时常在紫藤长廊看书，悬铃木、香樟树，还有枫杨的绿色舒畅着我的眼睛。那时看了很多书，眼睛也没有坏，从不戴眼镜，不知道是不是校园里这些美好的植物给我的慰藉。正如小花园的植物给童年和少年时的我以慰藉一般。

枫杨其实既不是红枫也不是杨柳，而是胡桃科枫杨属的植物，它跟枫树和杨树都没有关系，但跟核桃树是近亲。胡桃就是核桃的别称。但外表上，枫杨和核桃树可不怎么像，反倒是跟红枫和杨柳有某些地方的相似。枫杨的花儿和杨柳很像，它有一个俗名叫麻柳，枫杨的翅果则是跟红枫的外貌非常像了，小果子身上长出两片小"翅膀"。只是，枫杨的翅果颜色是青青绿绿的，红枫的是淡红色的。

枫杨的繁殖能力很强，毕竟那么多可以飞翔的翅果呢。看舒飞廉《草木一村》里说，枫杨千千万万的翅果被风吹到湿润的泥土里，每年春天就在房前屋后长得像秧苗田。枫杨也是一代人乡村的温暖记忆。作家苏童就曾创作过"枫杨树"系列小说，一缕乡愁，就系在枫杨身上。

故乡小城湘阴是个水边小城，灵秀干净。水乡的女儿便是在这水雾氤氲中长大。小城道路两旁多的是香樟树与悬铃木，东湖那里种植的草木品种要多一些。印象中的东湖，汪汪一碧，有各种绿意盈盈的树木，沿着湖心的道路一直延伸着。这些树木当然最多的还是香樟，另外就是梓树和枫杨了。

故乡小城和现在所居住的长沙的绿化都很好。在湘阴时，觉得湘阴像个绿色透明的小果子，到了长沙，觉得长沙像个绿色透明的大果子。而我就在果仁、果肉处走来走去，在馥郁和丰盈中走来走去。人总道书卷多情似故人，其实草木也多情似故人呢。即使是身处都市之中，人与草木仍随时可以相亲，只要你愿意。绝大多数草木永远是温柔的，不设防的。

如今我也是经常徜徉在学校的药植园，与草木时常亲近。有一日在媒体工作的朋友晓雅到访，我便带她去了药植园，在枫杨的绿意中漫步。彼时，大片大片的柚子花正用甜香霸道地充盈整个园子。

回去后，晓雅写了一篇关于我的文字："她穿着一身翠绿色的连衣裙，头上松松扎了个马尾，不施粉黛的脸上，笑起来会有个浅浅的梨涡。与草木打交道的人，气质也温婉如斯，在初夏的天气里，与园子恰到好处的融为一体……"这篇文字后来刊发于某本杂志上。

我喜欢她笔下那个心悦草木的女子，她穿着翠绿衣裙，浅浅笑着，与初夏药植园中翠绿的草木融为一体，仿佛她从草木中而来，又回归于草木。仿佛她还一直是少女时代田野上的植物之心，能随时进行绿野仙踪之旅。

秋英并不是纯白色，花瓣儿微微泛红，如极淡极淡的一抹胭脂。数了数，是八片花瓣，花瓣边缘并不是柔和的圆弧，而是锯齿状，显得颇有个性。

秋英：永远快乐

路上见到一个年轻的女孩子，身材窈窕，肤色雪白，无袖青花瓷连衣裙，露趾凉鞋，头发低低地扎在脑后，耳畔一星珍珠耳环，很是好看。

美好的女孩子，总叫我回忆起我自己的青春，同时想要生个女儿的想法也更加强烈。

沈从文曾在日记里写，天桥上走过一个胖女人，心里很难过。汪曾祺把这件事写在他的文里，并说不能理解他的老师为什么这么说。其实，我有点理解沈从文，这是他作为文人对美的一种理想化追求，希望放眼望去，世间无处不美，希望看到的，都是花朵般轻巧、霞光般明媚的女子。

这可太难了，别说是人，即使是花，也不是每一朵都美的，而且花也会有衰败的那天。因此，我对于天生丽质的花，总是抱着极欣赏和感恩的心情。如果在最美的时候遇上它，真是我和它彼此的好运气呢。

有一天，在学校药植园里漫步时，忽然见到几朵干净清爽的秋英，瓷白的花瓣，却给人以明艳之感，像是衣裙素朴却双眸异常明亮的少女。驻足细看，很是欢喜。

秋英并不是纯白色，花瓣儿微微泛红，如极淡极淡的一抹胭脂。数了数，是八片花瓣，花瓣边缘并不是柔和的圆弧，而是锯齿状，显得颇有个性。花心则是金灿灿的。它崇尚简洁，不喜繁复，永远都是单瓣，恍若一本漫不经心的小闲书。而它的花瓣又是那么明亮，如仰起的青春的脸，永远都是笑着的。

过了几年，六月份，我再经过学校南大门时，发现这里不知道什么时候种了一大片锦缎般的秋英，有着粉白、紫红、淡红等颜色，引得蜂飞蝶舞。黄昏的光线中，这片摇曳着的秋英显现出童话般的美丽来。而且，在花田之中，还竖立了一个小风车。徜徉其中，有一种异域风情的美丽。

学校真是越来越美了。之前宣传片里，说学校名医相伴美景为友，还真的是。

忍不住拍了照发朋友圈，说南大门有秋英如锦缎，有朋友给我留言："这不是波斯菊吗？"秋英和波斯菊很像，现在也经常通称，但其实也是有不同的。查询资料得知，秋英又叫大花波斯菊，主要有红色、白色和紫色；波斯菊的颜色则缤纷得多，有红、黄、白、紫、粉；等等。秋英主要开放在夏秋，而波斯菊一年四季都开放。而在花儿的形状上最明显的区别便是，秋英花瓣顶端上有五个小小的锯齿状缺口，波斯菊却没有。

小时候看过一个韩国电视剧，一个已经老去的男人在谈起自己的前妻时，说她美得像波斯菊。一谈起她，那男人沧桑的脸上不禁浮起了温柔的笑。也许他和她之间曾经经历过无数爱恨情仇，但是到了岁月忽已晚之时，他想起的还是她的美。

说到秋英，也不能不说到格桑花。也有人认为，秋英就是格桑花，其实并不是。格桑花来自雪域高原，颜色更为繁复明艳，有十几种颜色，且植株比秋英更为高大，高原上的一切彩色野花都可以叫格桑花。从旺盛的生命力来说，格桑花很像太阳花。但太阳花有一种天真倔强的不管不顾，格桑花则是成熟了的美丽淡定。在藏语中，"格桑"是幸福的意思，"梅朵"是花的意思，"格桑梅朵"，便是幸福的花朵之意。

格桑花看上去很柔弱，却是极坚韧，生命力极顽强。风吹雨打，它反而越发灿烂娇艳。它喜爱阳光，也耐得住风寒。秋英也是类似的性格。格桑花的花语是"怜取眼前人"。而秋英的花语则是"永远快乐"。

从新闻得知，家乡小城里也开辟了一大片花田，于是驱车前往。这真的是一片花的海洋啊，除了秋英，也有百日菊、黄秋英、千日红之类。带上写故乡的一本书，在花海里拍摄书的封面，一朵深紫的秋英正好横过封面，像是绘在封面上一般，浑然一体，很是美丽。

在穿梭在这一大片海洋般的秋英之中，真是觉得很幸福很幸福。

秋英和格桑花一样，果然是幸福的花朵呢，让每一个看到它的人，都真的快乐起来。

桂圆：记忆小屋

　　有高中同学博士后出站后来到附近一所高校工作，初到长沙电话和我说几个同学小聚一下。正好有时间，于是很少参加同学聚会的我便前往了。

　　结果有一位同学已经早到了，瞧着面熟，却想不起是谁。他则看着我一脸的惊喜，说多少年没见了。我实在尴尬，猜想是隔壁班哪位同学吧，也许上学时有过交集。可我已经完全没有印象了，但又不好意思问，只好一直保持礼貌的微笑，直到聚会结束各自告别，我也没想起他是谁。

　　很有些伤感，有些惆怅。时光已经把中学时的一切都蒙上了一层轻纱，影影绰绰，很多记忆，已经渐渐淡去了。那些不经意丢在风里的年少心事，已经永远失去了解开它的密码。

　　应该说，我从小是个记忆力很好的人，认识的植物，看的书文，不说过目不忘，也能记得较为牢固，所以考试才从来不怕，从小学到中学，一直是比较优秀的学生，最好的科目是语文、英语和生物，都是需要大量记忆的课程。高三文理分科选了文科之后更是优势明显。

　　但是奇怪的是，我对人事的记忆，却不是太好。有时回忆往事，朦朦胧胧的如蒙了尘，就会去翻看当时的日记，记忆便会如彩色照片般慢慢清晰起来。真是幸好有写日记的习惯呀。初中时好友佳问我前一天发生的一件小事，我完全没有印象，佳拍手笑道："难怪你成绩那么好，你记性都用到书上去了。"

我只好无奈地笑了笑。

因为这个原因，还曾经特意吃过一段时间的桂圆。

桂圆又叫龙眼，本是来自岭南的水果，但小城里几乎到处都可以买到。桂圆自古就是滋补名品，具补心益脾、养血安神等功效，平常吃可以增强记忆力的。《神农本草经》中就称其"主五脏邪气、安志、厌食，久服强魂魄、聪明。"在《名医别录》里，桂圆又叫作"益智"。《红楼梦》里宝玉自昏晕中悠悠醒来，也是喝一碗桂圆汤安神。

晶莹剔透的桂圆，吃起来满心清凉。不过吃归吃，貌似并没有很好地改进记忆，只是睡眠质量变好了。

于是我在想，我原本就是极其敏感的人，那么，无意识的记忆尘封，是不是也是保护自己的一种方式？渡边淳一曾提出"钝感力"的说法。"钝感力"是指迟钝的力量，即从容面对生活中的挫折伤痛。其实对生活没那么敏感的人反而更幸福。高敏感人群的外求倾向格外强烈，有时候会给自己和身边的人带来困扰。那么，钝感一点儿，把敏感保持在学习和工作等自己能控制的范畴之内，可能更有利于身心健康。

不过，有些珍贵的记忆，由于钝感的缘故，而渐渐忘却，实在是太可惜了。忘记痛苦的同时也就忘记了甜蜜，因此还是不要忘记的好。无论是痛苦还是甜蜜，都是经历的一部分，它们共同构成了这渺小又浩大的人生。

可是日记也不管用呢。因为搬家及其他原因的缘故，日记也有遗失弄丢的时候。失去了一部分记忆，等于失去了一部分自己。因此，我便时常提笔，想把一些故事给记住。二十九岁那一年，我写了一本关于故乡的书，又写了一本关于青春的书，终于放心了。至少值得珍视的事情，都已经一一记录了。

最初买下英国作家托尼·朱特《记忆小屋》这本书来阅读，也是因为这个简洁而又隽永的书名。

书名给了我这样的想象。这是一个湖边的小木屋，宁静而远离喧嚣。这个屋子里，整洁而细致地放置着一个人一生中的各种回忆，有童年的娇憨天真，青年的意气风发，中年的沧海桑田，老年的沉静温厚，全部都在里面了。只要一推开门，就可以寻找到许多自己想要的回忆。什么都不会遗失，因为所有的一切都在这幢记忆小屋里了。

普鲁斯特的《追忆似水年华》，作者的初衷也是通过写作把记忆留住，把爱的人留住，只有写作才能把昔日失去的东西找回来。这本书里，并没有一个清晰的故事情节或者脉络，只有作者的意识在缓缓流动着，看着过往的珍贵细节在回忆里熠熠生辉。只要一打开这本书，记忆便潮水般徐徐涌来，汇成一条落日熔金的河流，它一路向前，汇向灵魂的大海，然后永远留存，永远不朽，也永远滋养着后来的人。

鲁迅的《朝花夕拾》不也是如此吗？一枚枚捡起记忆中的落落野花，一段段如花一般的童年时光，便如琥珀一般细细封存，闪烁着黄昏般亲切且温暖的光芒。

如何留住美好，揽住幸福呢？不如就拿起笔来，记下这些似水流年，构建一幢属于自己的记忆小屋吧。可能，这比桂圆的效果要更好了。

多多写吧，不能阻止时光的流逝，就让琥珀般的美好流转在笔尖。站在时间的长河中，看记忆缓缓浮泛而来。

狗牙花：天真与希望

　　年岁越长，越珍惜时间，要把时间都虚度在美好的事物上，不想它被无聊和琐碎浪费一分一毫。因此，我越来越多地徜徉在岳麓山上和药植园里，花更多的时间与草木在一起，去认识更多之前素不相识的植物。

　　在药植园第一次见到狗牙花的时候，我以为那是小叶栀子。洁白、清香、柔软，和栀子花太神似了。但是细看发现，那花瓣并不像栀子花那样齐整，而是有些凌乱，像小姑娘被风吹乱了刘海儿，显得比栀子花更加含蓄羞涩。那一抹低眉温柔的神韵又像极了含羞草。

　　不过，这名字真是不友好，狗牙花，它哪一点跟狗牙相似？在药植园我见过龙牙花，火红的花瓣尖尖，还确实像某种猛兽的牙。而狗牙花，实在太名不副实了。谁知道这么粗陋的名字后面，是这么清纯文秀的花呢。

　　它的很多别名也不友好，比如，白狗牙、狮子花、豆腐花等。大概是因为这些不友好的名字吧，历代文人少有歌咏它的作品，它也因此更加默默无闻，比同类型的白色香花知名度要低了好几个层次。幸好它还有一个颇有诗意的名字，更衬它的气质，马蹄香。"踏花归来马蹄香"。

　　狗牙花是夹竹桃科。夹竹桃科素来盛产植物美人，科长夹竹桃自不消说，妩媚醺然，还有长春花、软枝黄蝉、鸡蛋花、络石等，都是出名的美人。狗牙花虽然和夹竹桃是亲戚，可是它如此干净乖巧呀，不像夹竹桃那样明艳亮烈，倒是和鸡蛋花气质相近，但清纯的感觉比鸡蛋花尤有过之。

纤瘦的狗牙花，仿佛贫家的小女儿，不施粉黛，但天生丽质，虽然是在贫瘠的土地上成长起来的，但出落得亭亭玉立，脸庞儿更是令人一见难忘。有人心动，有人爱慕，它只是不语，笑盈盈的样子。

狗牙花很耐看。静静看着它，真是看不厌。虽然与栀子花长得相像，看得久了，便觉得气质不同了。栀子花恬然静默，仿佛是被温柔对待惯了，因而安于平淡生活的女子，只愿一生顺遂没有波折，静静芳泽家人及朋友。而狗牙花则是充满希望、精力满满的感觉，好像是出身底层，但非常努力因此成绩很好的小姑娘，一心要凭借自己的勤奋和天分去寻找属于自己的一方天空，她是不安于平庸的。

一日午后，飒飒下了几点小雨，我记挂着药植园里的草木，雨一停便去药植园看。先去看初识的狗牙花，只见娇小的狗牙花才绽放了一点点，雪白的花瓣上闪烁着点点透明雨珠，犹如泪光，越发清纯可人。她是美人吗？当然是，只是仿佛年龄还小，身量未足，尚是十足的美人坯子，柔弱得令人生出怜意。很像家乡小城水色子好的女孩子。家乡小城是水乡，女孩们大多有皎洁的肤色，肌肤上如氤氲着水雾一般，用家乡话叫作"水色子好"，也就是水灵灵的。

有时看着一朵狗牙花，看着看着，仿佛她就变成了一个还未长成的稚龄少女，一双含满露水的眸子不设防地看过来，令人想牵了她的手，带着她一起去河边捡石子玩。

狗牙花的花语是天真希望、清纯善良。狗牙花也很适合养在家里，和姬小菊、小家碧玉一样，仿佛多养了个小女儿。只是狗牙花更加乖巧安静，令人心疼。

作为夹竹桃科的植物，狗牙花也是有毒的，它虽然清纯可人，愿意散发友好的清香，却是不肯跟人亲近，小心地保持着距离。夹竹桃科植物里大概只有鸡蛋花是全然不设防的，它又是那样美貌，任凭人们把它朵朵采下插入发髻，或者做成清热解毒的五花茶。狗牙花却不愿成为美人发髻上的点缀或者一道温柔的茶点，它只愿在风中自在摇曳，独自潇洒。

美丽的植物往往有毒，也是一种无奈。因为美丽，它必定会引起人们的占有欲。它若想保住自己的个性，不被采摘，就只能有毒。

芦荟：晶莹剔透心

养过一盆娇小碧绿的芦荟。起初单纯是因为喜欢芦荟这个名字买的。芦荟真是有着芳馥草木气息的名字，就跟葳蕤一样。

这盆芦荟，真像孤独沉默的女孩子，举着自己的刺，一脸冷漠，拒绝任何人的靠近。可是它真是好看呀，颜色碧碧青青的，像一汪儿春水。平日里放在电脑旁，写得累了，转眼一看芦荟，便觉得眼睛舒畅。而它又有着婴儿肥，肉嘟嘟的显得很可爱。有时候我看着它，看着看着，就忍不住伸手，轻轻捏捏它的脸。不过当然要小心避开它的刺。虽然觉得有点欺负它，不过谁让它那么可爱呢。

芦荟这样戒备，戒备得令人有点心疼，不知道它曾经受过多少苦。因此，你很难知道，它那样冷漠多刺的外表下，是如此晶莹剔透的心。

有一次，在超市里逛的时候，忽然看到有芦荟的芯在卖。是的，被剥去坚硬外皮的芦荟，被迫袒露出自己真实的芯，放在货架上出售。它的芯，通体透明，晶莹剔透，赤裸得令人颤抖，有一种纯洁无辜的感觉。

心里很温柔地一动，不由得走上前去，拾起了一颗晶莹柔软的芦荟之芯，买了下来。

也是查询资料后，才知道芦荟居然有那么多的功效，最广为人知的是可以美容。在超市里买它的芯的女人，十有八九是冲着它的这一功效而来。它可以去除面部的粉刺和痘印，可以使得面部肌肤白嫩柔滑，还可以消除色斑，预防皱纹。芦荟的芯也很方便使用，既可以外敷又可以内服，外敷时把汁液涂抹在相应的部位，内服的话可以生吃或者榨汁。

而且，芦荟还可以深入滋养头发，使之柔顺润泽，还可以预防脱发。因此，可以把芦荟汁涂在头发上，直接当作润发露或者护发素用。将芦荟汁轻轻涂在面上或者发上的时候，气味很是清新，说不出的惬意。

有个认识的姐姐告诉我，她也养了芦荟，就是直接把芦荟当作爽肤水或者润发露用，几年下来省下来很多开支。虽然总是在剪它的芯，但它并不会在意。这是因为芦荟具有很强的自愈修复功能。当被剪下一小块肉质的茎时，它渗透着透明汁水的切面便会缓慢合拢，然后渐渐变绿，愈合，恍若无事。

我却听得有点心疼，虽然芦荟自愈能力强，但利剪刺向它的时候，还是会痛的吧，怎么会不在意呢。我家养的小芦荟，我是不忍心去剪它的了。

芦荟这一强大的自愈功能可以和杜仲相提并论了。而它本身也具有收敛消炎、镇痛止痒、消除创面的作用。如果被烫伤或者烧伤，涂上一些芦荟汁可以消炎止痛。芦荟还可以清热解毒，通便杀虫，明代医学家龚廷贤在《药性歌括四百味》中对芦荟药效用四言韵语概括为"芦荟气寒，杀虫消疳，癫痫惊搐，服之立安"。

这么安安静静、文文秀秀的小植物，居然拥有这么全面的功能呢。难怪它还曾有"万能神草""盖世神草"之称，也真的称得上很神奇了。真是"人不可貌相，海水不可斗量"，这小小的芦荟，可真真不容被小觑了。

它外表柔弱安静，可是它的内心有着强大的小宇宙。它看似冷漠疏离，可是内心有着那么多的温柔与热情。对于病痛中的人们，它总是施以援手。而对于爱美的女子，它也是愿意细心呵护她们的脆弱。

当然，它的功效远不止于此。芦荟放在室内，空气都会清新很多。它是少见的一天内绝大部分时间都在释放氧气的植物，即使是夜间，它也照样在释放氧气。而这个时候，一般植物都在吸入氧气，释放二氧化碳了。

蚊虫害怕芦荟的气息，因此，在肌肤上涂上芦荟汁，可以预防蚊虫叮咬。一旦真的被叮咬了，涂上芦荟汁，也可以很快止痒。如果在室内喷洒上芦荟汁，还可以防蚊虫苍蝇。

于是，我对这个举着刺掩饰着内心柔软和超强技能的小萌物，就又多几分怜爱了。

苹果：当你老了

　　苹果是一种太家常的水果了，仿佛就是邻家姐姐般的熟稔。之所以说像邻家姐姐而不是邻家小妹，是因为苹果有一种温厚包容的气质。橘子比较像邻家小妹，即使是熟透了也有几分顽皮的微酸。苹果没熟的时候酸涩，可是熟透了之后便是纯然的甜，一点儿也不任性的甜。

　　相比于苹果来说，小孩子会更喜欢吃橘子。是呀，橘子微酸袅袅，而且吃橘子时多生动呀，撕开橘瓣，轻轻一掰，橘晶便丝丝缕缕地分开，如同孔雀开屏，鲜明华彩。小孩子可以用尖尖的小牙细细咬着，一粒粒吃。每一粒小橘晶在唇齿间碎裂，都会涌起一阵微妙的快乐。而苹果只是静静地甜，温和地甜，吃起来除了痛快地咬，好像也没有什么花样。小时候，相比于橘子，家长们也更喜欢买苹果给孩子吃。"一天一个苹果，吃了身体好。"这是很多妈妈时常念叨的话。

　　苹果的确无可挑剔。它的美貌在水果中也是出类拔萃的，线条非常圆润优美，还那么香喷喷的。小女孩的时候，我非常喜欢苹果的香气。夏日午睡起来后，小脸上还有竹席睡出来的细密印子，便捧着一个苹果满足地闻。那香气，轻柔而又甜美，像是刚刚做的一个甜梦。闻够香气了才静静地一口一口慢慢吃掉苹果。后来才知道，喜欢闻苹果的香气不是没有原因的，苹果香可以缓解压力过大造成的不良情绪，还能提神醒脑。

此外，苹果的功效太多了，除了生津润肺、除烦解暑之外，将苹果捣烂成泥给小孩子服用，可以止腹泻；孕妇每天吃个苹果可以减轻孕期反应；苹果还能防癌，抗氧化，增强体力。苹果仿佛生性低调又无所不能的学霸妈妈，她学了一身本领，却不显山不露水，一旦出手，便惊艳四方。

苹果的少女时代，也就是苹果花的时候，简直美得令人惊心动魄。苹果是蔷薇科苹果属的植物，蔷薇科跟锦葵科一样，都是盛产植物美人的科目。苹果花雪白晶莹，花瓣上盈盈一抹胭脂红，美貌堪比海棠花。而且苹果花和苹果一般有着食疗价值，唐代孙思邈曾说苹果花可"益心气"；元代忽思慧认为苹果花能"生津止渴"。

不过呢，古诗词中，描写苹果的少得可怜。古称苹果为柰，而且柰还不是苹果的特称，同时也指蔷薇科李属植物。南北朝褚沄曾有一首咏柰诗，为苹果抱不平："成都贵素质，酒泉称白丽。红紫夺夏藻，芬芳掩春蕙。映日照新芳，丛林抽晚蒂。谁谓重三珠，终焉竞八桂。不让圜丘中，粲洁华庭际。"褚沄盛赞苹果的花儿艳压夏花，其芬芳气味将春天的蕙草也比过去了，其香气可以与传说中的桂花天香媲美，而它的美貌也不属于任何庭院草木，光辉耀眼得照亮了整个庭院。这位没什么名气的小诗人可谓是苹果的知音了，若苹果有精灵可感知此诗的存在，大概会是感动不已的。但他对苹果的推崇在古代也没有引起什么波澜。那个时候，苹果的知己太少了。

"苹果"这一名称的最早使用，是到了明代。明朝万历年间的《群芳谱·果谱》中，有"苹果"条，称"苹果：出北地，燕赵者尤佳。接用林檎体。树身耸直，叶青，似林檎而大，果如梨而圆滑。生青，熟则半红半白，或全红，光洁可爱，香闻数步。味甘松，未熟者食如棉絮，过熟又沙烂不堪食，惟八九分熟者最佳"，还是很中肯地评价了苹果的美貌、芳香以及滋味。到了清代，欧洲苹果传入我国，很快取代了原生的苹果，也就是柰。

欧美文化之中，则是把苹果当作宠儿。美国作家梭罗在《苹果树的历史》一文里曾经说过："苹果花也许是所有树当中开得最好看的，与其嗅觉效果相得益彰。要是见到一棵不同凡响的苹果树，花苞绽放了大半，香味氤氲，恰到好处，路人不免会被它勾住脚步。这是多么卓尔超然，梨树在它面前将尽失花容。"苹果美貌多才，却又不娇气，简直就是完美这个词在人间的化身。有位美国牧师亨利·沃德·比彻尔曾说过："不管是被忽视，被虐待，被放弃，它都能够自己管自己，能够硕果累累。"

古希腊神话里，特洛伊战争虽然是为美女海伦而战，而它的起因却是因为一个金苹果。众神之母赫拉、智慧女神雅典娜和爱与美之神维纳斯争夺金苹果，宙斯便让帕里斯王子评判。为了夺得金苹果，赫拉许诺让帕里斯统治世界上最富有的国家；雅典娜许诺让他成为最有智慧的人；维纳斯则许诺给他天下最美丽的女人。结果帕里斯为了得到最美丽的女人海伦，把金苹果给了维纳斯，赫拉和雅典娜震怒之下，决心要毁掉帕里斯王子的特洛伊城，战争由此而发。苹果由此成为欲望的象征，爱情的象征。英语中说："你是我眼中的苹果。"意思便是说，你是我的心上之人，或是你是我所珍爱的人。

爱尔兰著名诗人叶芝的挚爱茅德·冈，也是他眼中的苹果。1889 年的某一天，26 岁的叶芝邂逅了 22 岁的女演员茅德·冈，从此堕入爱河，一生对她念念不忘，后来，他这样描述初见她时的怦然心动："她伫立窗畔，身旁盛开着一大团苹果花；她光彩夺目，仿佛自身就是洒满了阳光的光瓣。"多年以后，已经年老的他依然爱而不得，写下了《漫游的安格斯之歌》："虽然我已经老了，想漫游得穿过许多洼地和高坡，但我还是要找遍她去过的每个角落，牵着她的手，亲吻她的唇窝，走过漫长漫长的草地，那里光影斑驳，我要采摘，直到时光一天天蹉跎，采摘一只只月亮的银苹果，采摘一只只太阳的金苹果。"

从第一次遇到茅德·冈起，叶芝就不断向她求婚，向她求婚四次均告失败。1917 年，叶芝第五次向她求婚，也失败了。这时，离他在苹果花下对她一见钟情，已经过去 28 年了，他已经年过半百，他和她最好的年华都已经逝去了，她依然不肯接受他，他终于彻底放弃了。

第五次求婚失败不久后，叶芝居然向她的养女伊索德·冈昂求婚，他还在做着最后的挣扎，如果不能娶她，就娶她的亲人也好。这一爱屋及乌的荒唐举动，理所当然地被拒绝。就在同一年年底，他终于心灰意冷地结婚了，新娘是一直爱慕他的英国女子乔治·海德里斯。

对于叶芝来说，美如苹果花的茅德·冈永远可望而不可即，她成了他的执念，他的最爱，因此她永远行走在美的光影里，永远是他心里温柔而疼痛的一隅，从而成为他诗歌的最佳灵感来源。

我想茅德·冈应该是深谙男性心理的，她也许不是不爱诗人，善感的诗人写给她如此温柔而美的诗篇，很难不心动呀，但是她非常明白，极度浪漫的诗人，永远爱的只是一个美的幻影，是基于一个美好的女性身上更美好的想象，指向更深邃和更虚无的所在。这样的爱，也许不会真正落在哪个具体的女性身上，靠近了，便会幻灭；得到了，便是毁灭。

于是，通透而智慧的茅德·冈，拒绝了诗人的爱情，而留下了永恒的诗章。林徽因对徐志摩的心思，也大抵如此吧，所以才会理性地拒绝了为她而离婚的浪漫诗人，转而嫁给了建筑才子梁思成。她们既不会因为哪个男子而放弃自己的人生，也没有因为自身的美貌而放弃自我的成长，茅德·冈成为名演员与著名活动家，更把儿子培养成了诺贝尔和平奖获得者；林徽因成为建筑学家和诗人，是众人眼中一身诗意的"人间四月天"。她们越发像金苹果一般光芒熠熠。

叶芝为茅德·冈写下无数不朽的诗篇，最著名的当为《当你老了》："多少人爱你青春欢畅的时辰，爱慕你的美丽，假意或者真心。只有一个人爱你那朝圣者的灵魂，爱你衰老的脸上那痛苦的皱纹……"又过了很多年，叶芝已经去世了，71岁的茅德·冈在接受记者采访时说："世人会因为我没有嫁给他而感谢我的……"

梧桐：一叶知秋

薄阴天，微细雨，在校园里缓缓走着，看着地上零落着金黄、橘黄的落叶和红色的灯笼果，显示着秋意已浓。

不由得想起宋代孙洙的几句词来："黄叶无风自落，秋云不雨长阴。天若有情天亦老，摇摇幽恨难禁。惆怅旧欢如梦，觉来无处追寻。"

而最能代表秋意的黄叶，自然就是梧桐叶了。因梧桐落叶早，民间便有了"梧桐一叶落，天下尽知秋"的说法。"一叶知秋"说的也是梧桐。清代有一首著名琴曲，名字就叫作《梧叶舞秋风》，听着名字便觉得秋意浓郁了。

古典诗词中把梧桐和秋意紧紧结合在一起。王昌龄《长信秋词》有："金井梧桐秋叶黄，珠帘不卷夜来霜。"李白《秋登宣城谢眺北楼》有："人烟寒橘柚，秋色老梧桐。"殷尧藩《登凤凰台》有："梧桐叶落秋风老，人去台空凤不来。"最经典的，大约是李煜《乌夜啼》："寂寞梧桐深院锁清秋。"不过淡淡一句，庭院，梧桐，锁清秋，便有了如酒一般醇厚浓郁的秋意，以及惆怅。

学校药植园里有一棵梧桐，但长得瘦小，不过两三米高吧，树干挺直青翠。《花镜》中载："梧桐，又叫青桐。皮青如翠，叶缺如花，妍雅华净。四月开花嫩黄，小如枣花。五、六月结子，蒂长三寸许，五稜合成，子缀其上，多者五、六，少者二、三，大如黄豆。"梧桐四月里开花，五六月结子，很惭愧，经常在药植园里走来走去，但只有秋天里才注意到了梧桐，因为落叶确实漂亮的缘故，花期果期都忽略了。

日本平安时代的名作《枕草子》中写道："梧桐的花开着紫色的花，也是很有意思的，但是那叶子很大而宽，样子不很好看，但是这与其他别的树木是不能并论的。在唐土说是有特别有名的鸟，要来停在这树上面，所以这也只是与众不同。况且又可以做琴，弹出各种的声音来，这只是像世间那样说有意思，实在是不够，还应该说是极好的。"梧桐树的花我是没有注意过的，但《花镜》中说梧桐开花嫩黄，小如枣花。那么《枕草子》里写的紫色的花，也许是泡桐花。

清代文昭在《古瓶集》中写道：桐花颇有清味，因收花以熏茶，命之曰"桐茶"。其中，还有"长泉红火夜煎茶，觉有桐香入齿牙"之诗句。这里的桐花，也不知道是梧桐花还是泡桐花。

梧桐子是可以炒着吃的，我却没有吃过，听说比榆钱、槐花都要好吃。后来在一本散文书上看到南京就有炒梧桐子吃，小女孩在青灰色的小巷里，捧着一纸袋热乎乎的梧桐子，踩着满地的梧桐叶独自走回家去。总觉得这个场景有着似曾相识的亲切呀。大概是因为小时候经常在故乡小城捧着一纸袋热乎乎的栗子，踩着满地的悬铃木叶回去吧。

梧桐叶比悬铃木的叶片要大很多，也是手掌型，和悬铃木的叶片的确有些相似，不过梧桐叶是三个裂片，悬铃木叶则多是五个裂片。梧桐树的叶子黄得非常漂亮，是比较纯粹的明黄色，飘落一地之时，会让人的心生出几分怅然来。却没有见过很高大的老梧桐，很想一见，当老梧桐的众多梧桐黄叶被秋风卷得均匀时，是怎样浓烈如酒的秋意呢？

梧桐叶的明黄色，比之悬铃木的斑斓黄，更具有古秋之意。悬铃木的秋天落叶也是秋意浓。一地温暖灿然的斑斓，既觉惆怅，也觉醇厚。正如里尔克的《秋日》："谁此时孤独，就永远孤独，就醒来，读书，写长长的信，在林荫路上不停地，徘徊，落叶纷飞。"

梧桐总能给人以世事沧桑之感。世事一场大梦，人生几度秋凉。宋代李清照中年时《声声慢》中有"梧桐更兼细雨，到黄昏，点点滴滴"。那是无限苍凉的美，到了晚境一颗飘摇的心，无处安放，独对黄昏细雨。寻寻觅觅，冷冷清清，凄凄惨惨戚戚。一切都经历了，一切又都破灭了，生命的悲哀，都融在了这梧桐细雨之中。

年轻时或许还不能完全领悟梧桐的妙处，或者待到人到中年，自己也处在人生的秋天里，对于梧桐则是更加亲近，见梧桐如见己吧。如读这首叶绍翁的《夜书所见》："萧萧梧叶送寒声，江上秋风动客情。知有儿童挑促织，夜深篱落一灯明。"虽是黄叶萧萧，江上寒风，但呼灯篱落，小儿笑闹，冲淡了往事如烟的惆怅，而有了淡淡的人间烟火的亲切与温馨。

除了代表秋意浓之外，梧桐在古书中还是一种极高贵的树。中国古代传说凤凰只栖息在梧桐树上，"凤翱翔于千仞兮，非梧不栖"。许多传说中的著名古琴，如，"号钟""绕梁""绿绮"和"焦尾"等都是用梧桐木制造的。这是因为梧桐木质轻软，中空且疏，可以保证产生均衡的音色共鸣的缘故，因而又有"桐木瑶琴"的说法。

梧桐的叶、花、根、种子均可入药，有清热解毒、去湿健脾之效。

李花是蔷薇科落叶乔木，春天里开出单瓣的淡粉白色花儿，花瓣比桃花要清瘦，花蕊也短小纤细，没有桃花那么一团喜气，而是带一点清雅脱俗的味道，多了一份含蓄与腼腆。

李子：黄香李子少女

　　中医药大学药植园有李树，就在梅树旁边。二三月的药植园，李花还未到最盛之时，但已经有了冰清玉润、肌骨倾城之感。李树下还有一棵小梅树，娇小可爱，如着红衫子的小姑娘，乖乖牵着白裙子姐姐的手。梅花素来冷艳，而这李树下嫣然粉嫩的小梅树只让人觉得灵动活泼。

　　李花是蔷薇科落叶乔木，春天里开出单瓣的淡粉白色花儿，花瓣比桃花要清瘦，花蕊也短小纤细，没有桃花那么一团喜气，而是带一点清雅脱俗的味道，多了一份含蓄与腼腆。李花初开之时，只见花枝不见叶，后期则是与新叶同在。

　　关于李花的古典诗词颇多，宋代朱淑真就有《李花》："小小琼英舒嫩白，未饶深紫与轻红。无言路侧谁知味，惟有寻芳蝶与蜂。"宋代汪珠《李花》："枝缀霜葩白，无言笑晓风。清芳谁是侣，色间小桃红。"苏轼的词则是把红桃与白李并称："桃花香，李花香。浅白深红，一一斗新妆。"

　　李子光滑圆润，不像桃子那样毛茸茸的，吃起来酸甜可口，闻起来有一种微酸醇厚的甜香味。李子还可以被制成果脯，称嘉应子。李子肉炖冰糖，还有开胃润喉之效。但李子含有过多果酸，不能多吃，多吃反而会伤胃，常言道："桃饱人，杏伤人，李子树下埋死人"，就是言明这个道理。

　　而我对李子最早的印象，不是来自古典诗词，也不是来自于植物本身，而是来自于《香水》，德国作家帕特里克·聚斯金德所著的小说。

《香水》是中学时读的，那时其实并没有完全看懂。中学时在小城的图书馆和新华书店看了大量书籍，不乏中外名著，如，《儿子与情人》《香水》《牛虻》《呼啸山庄》，等等。以当时的年龄，其实无法领悟《香水》其中深意，但是少年时期对文字的记忆力很好，很多年后都记得。

《香水》的主人公格雷诺耶具有一种奇特的天赋，那就是特别灵敏的嗅觉，他可以通过嗅觉识别世上的一切。有一天，他闻到了从未闻到的香气。"这次闻到的气味很清新，但不是甜柠檬或酸楼的清新味，不是出自没药、肉桂叶、皱叶薄荷、株树、樟树或松树针叶的清新味，也不是雨水、冰冷寒风或泉水那样的清凉味……同时这种气味有热量；但是不像香柠檬、柏树或家香，不像茉莉花和水仙花，不像花梨木，也不像蝴蝶花……这气味是由两者，即挥发性的和滞重的两部分混合的，不，不是混合体，而是统一体，既少又弱，但结实牢靠，像一段闪闪发光的薄绸……烟又不像绸，而是像蜂蜜一样甜的牛奶，奶里溶化了饼干——可是无论如何，牛奶和绸子，这怎么能联系在一起呀！这种气味无法理解，无法形容，无法归类，可能根本就不存在。但它又千真万确地存在着。"

他循香而去，进入一个幽暗的小巷，穿过走廊，进入后院，终于看到了一个少女坐在桌旁，正在加工黄香李子。她从一只篮子里取出李子放在左手里，用刀子切梗，去核，然后把它们放进桶里。原来香气的源泉，就是这个黄香李子少女。

他怀着巨大的兴趣深深地嗅着黄香李子少女的香气。她的汗散发出海风一样的清新味，她的头发的脂质像核桃油那样甜，皮肤像杏花一样香……所有这些成分的结合，产生了一种香味，这香味那么丰富，那么均衡，那么令人陶醉，以致他迄今所闻到的一切香味，他在内心的气味大厦上挥洒自如地创造的一切，突然间都变得毫无意义了。他发现少女的香味里魔幻般地包含了构成香水的一切：柔和，力量，持久，多样性，惊人的、具有巨大诱惑力的美。

后来再读《香水》，会觉得，这部小说充满了各种神秘的隐喻与魔幻的象征。黄香李子少女，其实是象征着污浊人世间的纯洁和美好，她身上所散发的香气，令格雷诺耶心醉神迷的香气，其实是人类灵魂的香气。但是，天生无爱的格雷诺耶，并没有爱上这个少女，更没有让爱来净化和救赎自己的灵魂，而是杀死了她，想彻底占有她的香气。但他彻底失败了，虽然通过杀戮和萃取，他果然制成了这世上最神奇美妙的香水。强烈的占有欲只能导致失去，最终走向虚无和失落。

那《香水》中关于气味的精致而魔幻的描写，令年少时的我也迷恋上一切芬芳馥郁的事物，并格外关注人身上的气味。比如，家乡小城的小花园里有香樟的香气、栀子的香气、含笑的香气、海桐的香气，以及其他极清新的草木香气杂糅在一起的醉人的气息。又如，初生的婴儿有柔软的奶香味，儿童身上有青草香味，少年身上会有枸杞或者松针的香味，少女身上有类似于花香或者果香的芬芳。

而我自己身上的味道呢？我自己可闻不到。不过很希望是薄荷的味道吧，清凉又清爽，即使是在小园香径独徘徊之时，立于宏大而又深邃的香气河流之中，也能让所爱之人迅速寻找到自己。

九里香：书香满室

　　你渴望从一本书里读到作者的灵魂，渴望那个灵魂久别重逢或似曾相识，但其实，现在很多的书其实是缺乏灵魂的，因此往往失望。如果，你若是读到一本有灵魂的书，那多么惊喜。

　　但植物，却都是有灵魂的。比如，把自己灵魂的香气赋予书籍的九里香。

　　童年时代，我就对书极为爱惜，也从不在书上折角涂画，只是夹入花叶作为书签。那时还不知道有一种植物叫作芸香，它的花叶是专门用来熏书驱虫的。只是我觉得，每一本书都是有灵魂的，正如每一株植物都是有灵魂的一样。妈妈那时就笑我，怎么我看什么都是有灵魂的。

　　到了中医药大学之后，在药植园里认识了九里香，也就是芸香的一种。九里香是芸香科九里香属植物。因为芸香特有的香味有杀虫效果，可用来驱蝇，因此，古人便有"芸香辟蠹"的做法，也就是把芸香科的植物叶片放入书内以防虫。唐人常衮在《晚秋集贤院即事》中说："墨润水文茧，香销蠹字鱼。"唐朝徐坚的《初学记》中说："芸香辟纸鱼蠹，故藏书台亦称芸台。"

　　芸香草夹在书中，于是书页也浸透了芸香的清香，日久不散，打开书后，香气袭人，正是名副其实的"书香"。因为这个，对芸香科的所有植物都很有好感，觉得仿佛是书卷气袅袅的沉静女子。书香满室。

九里香有很多别名，跟香气有关的就有七里香、千里香、万里香，等等，此外它又叫黄金桂、山黄皮、月橘。

九里香是常绿灌木，在学校药植园里的九里香，也是细细巧巧的一株。据说九里香也有长成小乔木的。九里香四月开花，可以一直开到八月。花色洁白，花型有点像酸浆草的花，花瓣儿修长，花心里还能看到一颗圆圆的橘黄色花柱头，周围则是细小花蕊。花朵儿虽小，开花却多。

九里香的花名里既然有了一个"香"字，自然其香气馥郁是不在话下了。九里香是全草都香的植物，并不仅仅是花，叶子和果子都很香。它的花叶果含有丰富的精油，许多化妆品里面就含有九里香的精油。由于九里香香气十分浓郁，它还被做成香精或者调味香料。

九里香花开之时，香气馥郁似不下于金桂，大概这就是它又名黄金桂的原因吧。但是金桂、银桂、丹桂这种极香的桂花花期却是很短的，在中南大学和中医药大学都有金桂，开花时真是香飘十里，令人通体舒畅，但是不到十天后便零落了一地的桂花。在小区里有四季桂，倒是一年四季都有花，但香气却不浓郁了，桂花也生得稀疏。偶尔也在想，如果自己有一个庭院的话，是愿意种金桂这种花期短暂但浓香的桂花，还是愿意种四季桂这种花期长却清淡的桂花呢？答案是金桂，虽然花期短暂，但那瞬间的惊艳能让人沉醉整整一季。不过九里香不仅香似金桂，花期也比金桂长得多。

九里香秋冬季节结果，所结的果子是朱红色的，只有豆子那么大，也很是好看，细小的红果。记得桂花结子也是这么豆子大小，但桂子是绿色的。

九里香总给人一种从容不迫的温婉优雅之感，像是好时光养出的大家闺秀，性子慢慢的，笑容甜甜的。看见它，总想起李元胜写的一首小诗："我想和你虚度时光，比如低头看鱼，比如把茶杯留在桌子上，离开，浪费它们好看的阴影。我还想连落日一起浪费，比如散步，一直消磨到星光满天。我还要浪费风起的时候，坐在走廊发呆，直到你眼中乌云全部被吹到窗外……"这首小诗由民谣才女程璧唱成歌儿后，听起来真是令人沉醉呀。时光就是用来浪费在美好的事物上的。

秋海棠花有白、粉、红等色。红色的秋海棠则娇艳绝伦，桃腮带赤，秋波流慧，与白色秋海棠的忧郁大不一样。

秋海棠总有一种忧伤的感觉，海棠本已微带着忧郁，秋海棠则是满蕴了哀愁，如同泪光闪闪的美人，神光离合之中，令人瞬间便失了神，丢了魂。终于懂得为何会有瞬间沧海，一眼万年之说。

秋海棠的确有个极忧伤的名字：断肠草，据说是一个思念意中人的女子眼泪浇灌而成。它为秋海棠科秋海棠属植物，又叫作相思草。

在家乡小城，外婆家小巷子里众多住户的阳台上，就曾有栽种秋海棠，只是并不多。种得多的是长春花和太阳花，这些单纯可爱的植物，更符合小城天真纯稚的气质。秋海棠毕竟太忧郁了些，适合气质更复杂多元的城市。

到长沙来，和秋海棠倒是见得多了。在中南大学主校区的西苑里，天鹅湖畔，就种有不少秋海棠。

我和秋海棠的相遇更多的是在《红楼梦》中。少年时爱看《红楼梦》。《红楼梦》中大观园的海棠诗社，宝玉与众女儿所咏的海棠，是在八月下旬开放的，此时春天开放的木本海棠早就谢了，因此实际上咏的是秋天开放的草本秋海棠。初秋的某一天，贾芸送给宝玉两盆白色的秋海棠。正巧那日探春遣翠墨送来了诗社成立邀请花笺，希望也能"结二三同志，或竖词坛，或开吟社，虽一时之偶兴，遂成千古之佳谈"。

海棠诗社里，诞生了不少不逊色于秋海棠容色的佳言妙句。探春咏道："玉是精神难比洁，雪为肌骨易销魂。"宝钗咏道："淡极始知花更艳，愁多焉得玉无痕。"宝玉咏道："出浴太真冰作影，捧心西子玉为魂。"黛玉则是"偷来梨蕊三分白，借得梅花一缕魂。"李纨评论，黛玉风流别致，宝钗是含蓄浑厚。因此推宝钗为尊。海棠诗社咏的不是春天里的"花中神仙"海棠，而是秋天里有"断肠草"之称的秋海棠，是含有深意的。这样忧郁的花，正象征着《红楼梦》繁华背后隐藏的苍凉，"悲凉之雾，遍被华林"。

草木大多很女性化，只有松柏、槐梓、刘寄奴、徐长卿、杜仲等有着男性气息。因此，古代闺秀和草木一贯亲近，花开了要和花比美，花落了便悲叹青春易逝红颜弹指。像《红楼梦》中的秋海棠，便深得女儿们的喜爱。庭院深深，她们也只能以草木为伴，看到了草木就像看到了她们自己，留下了众多吟咏草木的诗篇。庭院深深，闺秀与花共老。

因秋海棠娇俏纤弱、楚楚可怜的模样，古人对它也颇为心疼怜爱。《红楼梦》第五十一回，宝玉在和麝月说起晴雯的药方时候说过："我就如那野坟圈子里长的几十年的一棵老杨树，你们就如秋天芸儿进我的那才开的白海棠。"宝玉把他心疼的女孩子们比作秋海棠，可见对秋海棠的怜爱了。清代李渔在《闲情偶寄》道："予有四命，各司一时：春以水仙兰花为命，夏以莲为命，秋以秋海棠为命，冬以蜡梅为命。"他视秋海棠为命，对其也是青睐有加。

秋海棠花有白、粉、红等色。红色的秋海棠则娇艳绝伦，桃腮带赤，秋波流慧，与白色秋海棠的忧郁大不一样。不过，古人并不将秋海棠当作大家闺秀，而是当作丫鬟。明代袁宏道《瓶史》中载："梅花以迎春、瑞香、山茶作为陪衬，海棠以苹婆、林檎、丁香为陪衬，牡丹以玫瑰、蔷薇、木香为陪衬，芍药以罂粟、蜀葵为陪衬，石榴以紫薇、大红、千叶、木槿为陪衬，莲花以山矾、玉簪为陪衬，木槿芙蓉为陪衬，菊以黄白山茶、秋海棠为陪衬，蜡梅则以水仙为陪衬。"

秦淮八艳之一的董小宛曾手制五色花露，最为娇艳可口的莫过于秋海棠露。据她的夫君冒辟疆回忆，五色花露的做法是："酿饴为露，和以盐梅，凡有色香花蕊，皆于初放时采渍之，经年香味、颜色不变，红鲜如摘。而花汁融液露中，入口喷鼻，奇香异艳，非复恒有。最娇者，为秋海棠露，海棠无香，此独露凝香发。又俗名'断肠草'，以为不食，而味美独冠诸花。次则梅英、野蔷薇、玫瑰、丹桂、甘菊之属。至橙黄、橘红、佛手、香橼，去白、缕丝，色味更胜。酒后出数十种，五色浮动白瓷中，解醒消渴，金茎仙掌，难与争胜也。"如此玲珑奇巧心思，令人叹服不已。

董小宛的人生，也如秋海棠一般美而忧伤。她是美貌出众、擅厨艺、有文才又具情趣的女子，却没有能得到好的归宿，没有被温柔相待。她嫁给冒辟疆为妾，操持家务，照顾公婆，本就体质娇弱，加之劳累过度，耗尽心血，竟妙龄早逝。冒辟疆为她写了一部《影梅庵忆语》，虽记录了她的美与才，但字里行间，对她并无多少怜悯和心疼，令人观之，不禁感叹那男子之凉薄。

秋海棠既可食用也可以入药，具有清热消肿、活血散瘀、凉血止血、调经止痛等功效。

艾草的香味极馥郁好闻，我往往会闭了眼细细体会，心中不免会涌起强烈的思乡之情。

艾草：青团

　　早春时分，药植园的艾草刚刚萌发，尤其青碧可爱，如同深山之中的一汪碧潭，那碧色之中隐着灵气。艾草的别名很多，熟悉的有香艾、艾蒿、灸草、医草、艾绒、艾叶，等等，它还有个名字，就是"青"。就像蓼蓝，也可单名一个"蓝"；甘草，也可单名一个"苓"一般。这都是《诗经》之中古风袅袅的名字。看艾草颜色也是青碧得直逼人的眼，不愧那个"青"名。

　　初生的艾草特别少女，有一种含满了笑意的轻盈之感。虽然是小草，但清新妩媚之姿，竟不下于初绽之花。艾草是菊科艾属，菊科植物中总出清素美人，艾草生有柔美的羽状叶子，艾有美好的意思，"少艾"这个词指的便是年轻美丽的女子。《孟子》中载："知好色，则慕少艾。"这句话说的便是年轻男子涌起对于少女的好奇和好感是十分自然的事。

　　如果采一把青嫩的艾叶在手上，便会有极浓烈的香气袭来，染在手指之上。这香气仿佛神秘巫女，美丽而具有神奇巫术与魔力的巫女。在古代，艾草常用于祭祀辟邪。这大概就是艾草巫气的来源吧。它仿佛可以通灵一般，能沟通人们与神灵的思想，也在人们心中有了某种神性。先秦时期的《诗经》和《楚辞》中所吟唱着的歌谣里，便都有艾草的出场。

　　艾草的香味极馥郁好闻，我往往会闭了眼细细体会，心中不免会涌起强烈的思乡之情。我会忽然很想回到湘江畔的家乡小城，沿着江边遍生的艾草嫩叶的香味，回到那个曾经和美的家。那个曾经的家，在我心里，也是有着某种神性的所在。

小时候，小城的人们在夏天，尤其是端午节的时候，会在门上插上艾草和菖蒲。蚊虫怕艾草的气味，人却是喜欢闻的。所以，在门前挂艾，一来用于避邪；二来用于赶走蚊虫。清代顾禄《清嘉录》中也有记录吴地五月挂菖蒲、艾蒿，妇女戴榴花之事，潇湘小城的草木风物和吴地是相似的。

当然，人们不仅用艾草驱蚊，还会把它做成美食。从二月二龙抬头一直到清明端午，家乡小城里的人会自己做青团，也就是艾草粑粑。后来搬到长沙，妈妈仍然喜欢做艾草粑粑。

艾草粑粑又叫作清明饼、清明粑、清明节吃清明饼，可谓正应时令了。艾草还可做艾叶茶、艾叶汤、艾叶粥等，也可以用艾草煮鸡蛋吃，都颇具有养生功效。但是我们用艾草煮鸡蛋还是比较少的，吃地菜子煮鸡蛋比较多，因为地菜子煮鸡蛋更好吃。地菜子便是荠菜，湖南这边把荠菜叫成地菜子，荠菜便有了邻家丫头般的亲切感。

艾草粑粑首先是需要艾草。但作为一种生命力极强的野草，艾草仿佛遍地都有。药植园里、洋湖湿地公园小湖畔，一小片一小片地摇曳着。妈妈期间回了趟家乡小城，然后带来一大袋艾草的嫩尖，是她在老家的江边野地里采摘的，采摘下来的时候，艾草上还湿漉漉的，蕴着夜晚的水汽和清晨的露珠。做艾草粑粑，只能用艾草的嫩尖，因为艾草本身是略带苦味的，嫩尖才清新爽口。

把艾草洗净，清水浸泡，再剁碎揉搓，糅出一碗青青碧碧的艾草汁液，再加上雪白糯米粉和面粉，匀入白糖，搓成一个一个青青碧碧的团子。做完之后，指尖上都是艾叶浓郁的清香气息，三月里春天的气息。

把艾草团子上锅蒸煮，待到出锅，一个个深绿色的碧青团子便热气腾腾，香气扑鼻了。艾草粑粑不一定要趁热吃，放凉吃也很美味。

在苏州旅游的时候，也吃过青团。当时在观前街，卖青团的小店铺前排着老长的队伍。一问，原来是买青团。在长沙没有吃过青团，于是和先生两个人兴兴头头去排队。因为队伍太长，于是排队之中两个人轮流出去遛圈儿。终于排到了，买了几个青青碧碧的团子，有我们湖南吃的糍粑那么大。

只是苏州的青团会放馅料，放上豆沙或者芝麻。觉得太过甜糯了，不合口味。我们自己做的艾草粑粑就是用没有放任何馅料，就这么嚼着已经很香，能品尝到艾草本身的味道。咬上一口，闭上眼睛，仿佛站在河边的草地里，看着风吹过绿意盈盈、清润明洁的艾草。

艾草粑粑放凉了也好吃，作为解馋的糕点也很是美味。一点草叶香，带给人们的却是十分的惬意。

《毛传》中载："艾所以疗疾。"艾叶可入药治病，又有养生奇效，然而又是随处可见的野草，因此是极亲民的一种草药，为医家最常用之药。孟子曾说："七年之病，求三年之艾。"长年累月的顽固疾病，往往可以用艾灸治愈。用作艾灸的最好材料是陈年的熟艾。

李时珍也说："艾叶，生则微苦太辛，熟则微辛太苦，生温熟热，纯阳也。可以取太阳真火，可以回垂绝元阳……灸之则透诸经，而治百种病邪，起沉苛之人为康泰，其功亦大矣。"艾草是纯阳植物，可以迅速补充人体阳气，使得气血通畅。用艾草来泡水洗澡或者熏蒸，可以消毒止痒、散寒除湿。

艾草和益母草一样，还有着调经养血，安胎止崩的功效，可治疗痛经及宫寒不孕之症。艾草也是满怀慈悲地细心呵护着女性柔弱的身体。

荠菜：邻家丫头

每年端午将至，自家都会包粽子吃。包的是肉粽，每个粽子的糯米中放入一块五花肉和半个咸蛋黄。粽子出锅后剥开，晶莹瓦亮，香气扑鼻。虽然卖相一般，但滋味极鲜美，比外面买的好吃多了。

当然，端午节我们不仅吃粽子，我们还吃荠菜。

春天，小城的人们喜欢采食荠菜嫩芽而食。《诗经》中就有"其甘如荠"的吟咏。讲究养生的陆游与苏轼也爱吃荠菜，陆游有诗句："荠菜挑供饼，槐芽采作菹。"苏轼也有："时绕麦田求野荠，强为僧舍煮山羹。"

荠菜耐寒，即使天寒地冻，也开得碧绿油亮。而荠菜对早春的气息也是敏感。闻到空气中湿润的春意时，荠菜也就开出星星点点的小花儿来，河边陇畔，一片烟雾似的新绿。

这个时候，最好去挖荠菜了。清晨带着露水的荠菜，最为鲜嫩，手上如同汪着一泓碧水一般。

荠菜开的是细小的十字白花，挤得密密匝匝的，虽不起眼，可是极为细巧干净。便如宋代词人辛弃疾词中所说："城中桃李愁风雨，春在溪头荠菜花。"清代才女顾太清也赞荠菜花儿："溪上星星小白花，也随春色斗豪奢。"

外婆在她的绿色庄园也种了荠菜。看妈妈带回家的荠菜，除了花，尖端是小小的心形叶子，萌萌的极是可爱，像一把把特别小的绿色芭蕉扇，像铁扇公主可以放在舌上的缩小了的那种。那时其实还不知道是荠菜果实，还以为是嫩叶。后来知道，那并不是它的叶子，而是心形短角果。果实成熟后，便会裂开，种子从心形短角果里迸发出来。因为这果实的形状，荠菜又叫作鸡心菜。

中学课本里，还有张洁《挖荠菜》一文，细致地写着她幼年挖荠菜时的心情："提着篮子，迈着轻捷的步子，向广阔无垠的田野里奔去。嫩生生的荠菜，在微风中挥动它们绿色的手掌，招呼我，欢迎我。"在她小时候，"把它下在玉米糊糊里，再放上点盐花，真是无上的美味啊"。那个时候，很喜欢读这篇文章，和课本里刘绍棠的《榆钱饭》一样，是小少女心中念念不忘的美味了。那时候，年少的我强烈地感觉到了文学作品的力量，普普通通的野菜，经作家妙笔点染，竟然会有那么大的诱惑力。

在故乡小城，还有"三月三，地菜子煮鸡蛋"的习俗。即在三月初三，吃荠菜煮鸡蛋，可清心明目不头痛。我们小城那里，管荠菜叫作地菜子，很有几分亲切，就如同叫泽兰作泽兰叶子一般，像是在叫邻家丫头某某妹子一般。

上巳节，俗称三月三。古时以三月第一个巳日为"上巳"。在这个节日里，小城的人们除了吃地菜子煮鸡蛋，还要用地菜子煮水来洗澡。其实小孩子的时候，不是很喜欢荠菜的气味。但地菜子煮鸡蛋是爱吃的，汤水散发着甜甜的奇异的香气。端午节家里有时还会做艾草煮鸡蛋，但是和地菜子煮鸡蛋比起来，还是后者更好吃，因此后者做得更多。

剥开鸡蛋壳，圆滚滚的鸡蛋已经浸润了地菜子的滋味，有点青草气息的甜味。那时候的鸡蛋，大多是土鸡蛋，熟鸡蛋的蛋黄嫩嫩的浓橘色，叫人看了就喜欢。小孩子一般吃两个鸡蛋。大人们一般还要求把地菜子煮鸡蛋的汤水也喝了，说喝了对身体好。

为什么三月三要吃地菜子煮鸡蛋呢？外婆说，这时候，地菜子刚萌发出来，是生得最快的时候，正当时令的菜，吃了最好。草木本就是天地之灵气所化，而地菜子虽然其貌不扬，却也是一味可以入药的好菜。《随息居饮食谱》中就说："荠，甘平，明目，养胃，和肝，治痢辟虫。"

荠菜的嫩叶做菜的确是挺美味的。除了地菜子煮鸡蛋，荠菜还可以清炒、配菜、包饺子。荠菜肉饺很是鲜美爽口。小时候我并不爱吃荠菜，倒是长大后看到餐桌上有与荠菜相关的菜式和餐点也会夹几筷子品尝，尤其是荠菜肉饺。

菖蒲：香囊做成五色

菖蒲的名字有一种古雅的美，而它也是一种很早便在诗词中传唱的植物。《本草纲目》中说："菖蒲，乃蒲类之昌盛者，故曰菖蒲。"菖蒲这个名字意思便是蒲类之昌盛者，所以叫作菖蒲。菖蒲为天南星科菖蒲属植物，生于水边，叶形如剑，所以又叫"蒲剑"，又因近水而生，又叫"水剑"，也是很英气勃勃，具有武侠风范的植物美人了。

在故乡小城，端午时节，妈妈会在门口挂上长长的艾草和菖蒲，都是一清早在水边采的。传说钟馗便是用菖蒲剑来捉鬼的。端午门楣上挂艾草和菖蒲，能够有驱邪避灾的功用。

后来在长沙安家了，把妈妈也接来长沙。在端午时节，妈妈依然会习惯性地在门上挂上长长的艾草和菖蒲。下班回来，看到门上的草，闻到淡淡的熟悉的香气，会觉得很踏实和温暖，仿佛自己还在少女时代，还在故乡小城，明天又要踩自行车吹着风去学校读书。

端午时，古人除了在门上悬挂菖蒲，还会饮菖蒲酒，以祛避邪疫；那时人们还会制作香囊，制作香囊的材料主要有苍术、山奈、白芷、菖蒲、藿香、佩兰、川芎、香附、薄荷、香橼、辛夷、艾叶，另加冰片、高良姜、陈皮等药材。菖蒲全株芳香浓郁，可作香料，还可驱蚊虫。现在人们则很少做香囊了。

但后来到了中医药大学工作，发现中医药大学尤其是药学院的学生们还保留着这个制作香囊的传统，还有勤工俭学的学生自己做了香囊，摆在学校创业孵化基地那里卖。有女学生心灵手巧，又爱古风，擅长制作五色香囊。她曾经送给我一个香囊，可以佩在腰间，走起路来，风随香转。

在中医药文化进社区的时候，还专门有一个医学生教民众自己动手制作中药香囊的环节。我也去了现场。现场学生们送给大家自制的中药香囊。我取了一个有安神功效的香囊。轻轻一嗅，香囊散发着药草清冽宁静的香气。闭上眼睛，如人在草木间。

古人认为菖蒲有益智宽胸、耳聪目明、去湿解毒之效，因而将其看作是治邪之物，可防疫驱邪的灵草。菖蒲与兰花、水仙、菊花并称为"花中四雅"。明代《长物志》中有载："花有四雅，兰花淡雅，菊花高雅，水仙素雅，菖蒲清雅。"自然菖蒲很得文人之心，宋人用作案头清供的植物中，除了兰菊、水仙，最常见的便是菖蒲了。菖蒲用于盆景，只需几块山石、一泓清水，便能自成风致，清洁高雅。

陆游就对菖蒲情有独钟，曾亲自为菖蒲更换清澈沁凉的山泉水，再围着火炉闲闲煮着橄榄茶，也是风雅生活了："寒泉自换菖蒲水，活水闲煎橄榄茶"。

晋代嵇含的《南方草木状》中记录："菖蒲，番禺东有涧，涧中生菖蒲，皆一寸九节。安期生采服，仙去，但留玉舄焉。"一位叫作安期生的人，服食了菖蒲，便成仙而去，留下了一双美玉。大约就是因为这个传说吧，古人把菖蒲当作神草，认为可以延年益寿。还把农历四月十四日定为菖蒲的生日，"四月十四，菖蒲生日，修剪根叶，积海水以滋养之，则青翠易生，尤堪清目。"汉武帝刘彻在攻破南越之后，把菖蒲移植于皇家园林。园林种蒲由此而始。六朝《三辅黄图》中载："汉武帝元鼎六年破南越，起扶荔宫以植所得奇草异树，即有菖蒲。"

日本清少纳言在《枕草子》中写有《菖蒲的香气》："端午节的菖蒲，过了秋冬还是存在，都变得很是枯槁而且白色了，甚是难看，便去拿了起来，预备扔掉，那时节的香气却还是剩余着，觉得很有意思的。"菖蒲就算枯萎了，还保有着清凉馥雅的香气。

而美国梭罗也钟爱菖蒲的香气，在他的自然生态著作《野果》中曾写道："春天，揉搓一下菖蒲嫩嫩的枝干，就能闻见沁人的幽香，妙不可言。这幽香该不是年复一年从潮湿的泥土里息来的吧，没错，准是这样。"

故乡小城里，在水边常见的，除了菖蒲之外，还有香蒲。二者长的还很像，都是剑一般的长叶。不过香蒲是香蒲科香蒲属植物，菖蒲是天南星科菖蒲属植物，香蒲和菖蒲是没有什么亲缘关系的。夏天里香蒲植株上香肠样的物件，就是它的蒲棒，是水烛的肉穗花序开满了松花黄色的细小花。蒲棒可入药，性平、味甘，既能止血，也能治疗吐血、血崩、冠心病等。

和菖蒲一样，水烛有天然的香气，点燃后气味更加浓郁，有极好的驱蚊效果，因此，水边的渔民便把它作为驱蚊的香草。夏末，还有人收了水烛，晒干揉碎后作为枕芯套入枕头之中，睡着了之后，便有一缕清香萦绕，且柔软又舒服。

一年蓬对人类还是友好的，不仅悦目，而且还可疗病。它具有消食止泻、清热解毒之功效，可治疗消化不良、胃肠炎、齿龈炎等症。甚至它还有别名就叫作牙肿消、牙根消。

一年蓬：并不柔弱

一年蓬长得很像迷你型的雏菊，纽扣大的花盘，细白丝状的舌状花，扬起一张天真烂漫的脸，比雏菊还显得纤弱稚嫩。

一年蓬颜值算比较高了，而且入镜也显得玲珑细巧，很有文艺感，采一把回去插花，也有雏菊和洋甘菊那种清雅意味。实际上，一年蓬是生命力很强、占有力也很强的植物。看上去是植物中的小白兔，实际上拥有的战斗力超过了大灰狼。

因为繁殖能力强，适应性也强，一年蓬几乎随处可见。在故乡小城时，我家楼下小花园的草地上，一年蓬就常常乖巧地摇曳着。年少的我坐在香樟树下看书的时候，还时常会摘一两朵一年蓬的花儿，将之夹入书中。

有时我也会采上一捧花儿，带回去放在注满清水的白瓷杯中。把一年蓬放在书房里，便有了某种小清新的意味。有时夕阳西下，麦芽糖色的暖色调透过窗帘打在一年蓬上，像是一个干净而温暖的动漫画面。

那时，我是把它当作温柔的雏菊了呢，对它很是喜欢。

后来到了长沙，发现一年蓬在省植物园、洋湖湿地公园、中南大学、中医药大学、岳麓山上、小区里，到处都有。道路两边的杜英树、香樟树下，也时常遇见一年蓬。也都不是谁有心种的，也没有人看管照料。

洋湖湿地公园居然有一小块花田是一年蓬花田，当然也有点疑心是一年蓬自己长成了个小花田，它生命力实在是太强了。但一年蓬颜值真是没得说的，在风里摇摆着纤细的腰肢，楚楚动人，美得不输于柳叶马鞭草和芝兰。

小区里曾看到树下的一年蓬旁，有两个小女孩坐着，将之纷纷采下，编成清丽的头圈或者小手环，她们手上已经戴着一个一年蓬手环了。有时小女孩喜欢这娇小的花儿，也会随手采了一把握在自己胖嘟嘟的小手里，一路上高高兴兴地挥舞着花儿，倒让我想起了一年蓬陪伴我的年少时光。

一年蓬是不在乎这些的，作为野草，它真的是春风吹又生，被采摘了怕什么，只要根还在，很快又会冒出头来。它自己生长得挺高兴，也把自己照顾得精神焕发。它似乎幼时遭受过许多的苦楚，因此急急地赶路，急急地前行，身不由己地旋转着，加倍努力地生活。

不过，园艺师若是看到一年蓬，多半也会将之除去，因为一年蓬不仅具有强大的生命力，还具有强大的攻击性。如果仅仅是照顾好自己，也就算了，不失为一株外表柔弱、内心强大的植物，但一年蓬还是具有攻击性的，它会欺负其他植物，抢夺其他植物的养分，被列入外来入侵物种名单。

看似温良文艺的植物，也都会有着为了争夺生存环境而张牙舞爪的时候，人类并不了解，植物之间悄悄发生的没有硝烟的战争。谁能想到，在这些竞争之中，娇小的一年蓬竟然是可以轻松战胜对手的赢家。杂草的韧性，在它身上展露无遗。

一年蓬对人类还是友好的，不仅悦目，而且还可疗病。它具有消食止泻、清热解毒之功效，可治疗消化不良、胃肠炎、齿龈炎等症。甚至它还有别名就叫作牙肿消、牙根消。

山竹：内心的柔软

有一日，在办公室，和同事们聊起药植园的各种药植，继而又谈起每个人像哪种植物。作为吃货的众人，自然用了水果来比拟。说到我的时候，苑说得是比较清淡的水果。她想了想说，觉得我像山竹，外表低调坚硬，跟每个人都保持距离，但内心却柔软，且丰盈莹洁。

我一时怔忡。因为我对每个人都是笑盈盈的礼貌，也会给别人点赞，和别人聊天，适当参加聚会，看上去已经不像是不合群的人，却原来，还是让人感觉到了我的疏离。但我的确是始终和大家都保持淡淡的君子之交，不会轻易走近。骨子里爱静的人，是改变不了她自己的。这一点苑说对了，我是有点像山竹。而山竹，是我最喜欢的水果之一呀，冥冥之中，是有什么缘分吗，真的是基于性格上的相似吗？

在故乡小城的时候，我就很爱山竹。如今每到夏天，我也都会买上一袋山竹。山竹绛紫色的果皮，坚硬且厚。硬到根本徒手打不开，必须得用上小刀，而且因其厚，所以是不容易切的，颇费一点力气。它内心深处深藏着的美丽，是从来都不打算让人知晓吗？

而且，山竹果皮滋味是苦涩的，如同极度悲哀时流下的眼泪，如果切开果皮时一不注意让果肉沾染了果皮汁液，那么果肉上也会浮起淡淡的苦涩之味。

这不禁令我想起自己孤独的年少时光。好像是从父母离婚之后，我便忽然静默了。童年时真是极快乐的小女孩，总是笑着的。虽然也爱哭，可是只要一擦干眼泪，又能马上绽出极明亮的笑容。但在那几年里，我时常呆呆出神，不发一语，让家人和同学们见到了，便以为我在独自忧伤，拒绝任何人的靠近。

好在生命的底色总是明亮的，正如山竹的心总是莹洁的。到了大学里，静默的我很快便被这盛大青春的温柔与甜美，以及岳麓山的繁茂草木给治愈了。黯淡无光的时光，其实也就那么几年而已。但爱静的习惯却一直保留下来了。

小心翼翼地切开山竹果皮，露出一瓣瓣雪白晶莹的果肉，像是橘瓣一般。取出一瓣，放入口中，会让你瞬间感动——居然这么好吃！丰润，甜美，然而一点也不腻人，反而是清清爽爽的，如同坐在海边看着日落吹着海风，有一种说不出的惬意的感觉。

荔枝和桂圆都有着同样雪白晶莹的果肉，但是滋味都不如山竹，荔枝甜到腻人，桂圆又嫌太木讷了些，不耐吃。而山竹，它的口味，是清甜的，柔润的，又是微酸的，灵动的，仿佛潇湘水乡的雾气，蜀地山川的烟云，让人有一种温柔、迷惘、惆怅又满足的感觉。

吃完一瓣山竹果肉，会留下乌亮的果核。不过有趣的是，有时候一瓣果肉会有两枚甚至三枚果核，有时候一瓣果肉一枚果核也无。查了相关书籍，原来山竹果一般都是单花顶生，受粉后会产生一枚果核，也可见两朵或者三朵共生花，受粉后会产生两枚到三枚果核；此外，山竹花还可能出现未受粉现象，这就没有果核了。

山竹和荔枝一样，不耐久放，必须鲜食。它的果壳接触空气就会迅速憔悴，即使是放在冰箱里，也是放个三五天就坏了。如果没有被及时珍视的话，它就决绝离开，也真是有个性的水果了。

山竹其实又是满怀悲悯的，它愿意给世间的人们以清凉的慰藉。体弱的人更适合吃山竹。因其有着降热解燥功效，孕妇也可以通过食用山竹来滋养身体。又因其清热去火之功，因此山竹又有润肺护肤之效，可以有效地抑制以及预防年轻人为之苦恼的青春痘。

山竹还可以治疗各种溃疡。当口舌生疮、吃什么水果都觉得刺激和疼痛之时，吃点儿山竹不仅不痛，还可以有效缓解症状，有利于病情的恢复。它以自身的温柔与甜美安慰着被病痛煎熬着的人们。如果能拟人的话，山竹也应该是和接骨草、甘草一般的素净医女吧？只是山竹性情更加沉默。

山竹滋味虽美，却不能多吃，因为它生性寒凉，多吃会伤了脾胃，一天吃几个就够了。

山竹产于热带地区，是藤黄科藤黄属植物，植株可高达二十米，枝条有节和纵棱，有点像竹子，因而得名。但在湖南我是没有见过山竹的植株，只见过山竹果的。

自从苑说了我像山竹之后，每次吃山竹之前，我都会端详它半天，心里涌起莫名其妙的感触。哎，山竹，这外表坚硬内心柔软的南方植物。

山栀子，就是原生栀子。因生长在山地，而有山栀之名，山栀之名，更增其天然风韵之美。

在中医药大学药植园第一次见到山栀子时，我是有些惊喜又有些疑惑的，似曾相识，却又的确不曾谋面。看标志牌，知道是山栀子。

山栀子，就是原生栀子。因生长在山地，而有山栀之名，山栀之名，更增其天然风韵之美。

原本我跟栀子花是极熟稔的，我中学时学乡土地理的时候，就知道我们湘阴小城所在的岳阳市那个城市的市花就是栀子花。夏天的时候，小城仿佛每个角落都开着栀子花，每天都香得令人幸福得要晕过去。栀子花和桂花一样，是以香气闻名的花儿，但与温厚平和的桂花香气不一样，栀子花香得那样甜美，那样恣意，如同满捧满捧明亮的阳光。

大一的时候，在长沙求学的我想念故乡小城，写了一组关于小城的散文。题记里，我写道："我希望它浸润着栀子花清甜的香气，我希望它就如生在野地的一株健康的栀子花，迎风摇摆着，虽不十分美丽，却有一种让人心动的味道。"那组散文里，还写着自己以后要去某一个小山，在山谷之中种满栀子花，待到满山都是洁白的栀子花，香气汇成河流之时，便一大捧一大捧地采摘，直到困得在栀子花上睡着了……

这是年少时的一个梦境了，想起来就忍不住微笑。

但是，小城的栀子花，都是重瓣栀子，也就是现在所说的牡丹栀子或者荷花栀子，这些都是后来培育出的园艺品种。

而单瓣的山栀子，则是属于一个古典的意境。古典诗词里写的栀子花，多数指的是原生的山栀子。山栀另名薝蔔、白蟾花、越桃、林兰等。清代文学家宋荦的《游姑苏台记》一文中有："夹道稚松丛棘，薝蔔点缀其间如残雪，香气扑鼻。"这里的薝蔔，就是山栀子。

栀子花是山野的植物，不事张扬而满身灵气，便如唐代诗人王建《雨过山村》中所描写的那样："雨里鸡鸣一两家，竹溪村路板桥斜。妇姑相唤浴蚕去，闲看中庭栀子花。"山里人家的庭院里，都种着几枝雪白的栀子。人们因农忙而离开，栀子花便在庭院之中，寂静地散发着香气。

宋代女词人朱淑真写过一首《水栀子》："玉质自然无暑意，更宜移就月中看。"在朱淑真的笔下，栀子花玉质冰心，清寒而孤独，月下照水的清影，让人不禁心生怜意。这支临水照影的馥郁栀子，也是女词人自身的写照。

栀子花散发着极浓郁的香气，那香气仿佛是可掬可捧，也可品可嚼的，可用来窨茶或提取香料做调香剂。栀子花花瓣雪白丰腴，还可做成各种芳气袭人的佳肴。

宋代林洪《山家清供》中载，他有一次拜访好友刘漫塘。好友许久未见，分外亲热，到了中午，刘漫塘便留林洪吃饭喝酒。两人正喝得高兴，酒桌上端上来一盘未曾见过的新鲜菜肴。林洪吃了几口，只觉说不尽的芳香清爽，大为称赏，就询问刘漫塘这是何物。刘漫塘答道，这就是栀子花做成的"薝蔔煎"。做法便是采摘刚刚盛开的大朵栀子花，用开水焯过稍稍晾干，再用甘草水和稀面糊，放在油里煎炸。林洪引杜甫诗句"于身色有用，与道气相和"赞薝蔔煎，并道："清和之风备矣。"

明代《遵生八笺》中也记载了栀子花的另一种做法。采摘半开的花儿，用矾水焯过，再加入细葱丝、大小茴香、花椒、红曲、黄米饭一起研磨细碎，再拌上盐，放上半天，便可食用，风味独特。或者把栀子花用矾水焯过，直接用蜜煎煮，滋味也很是甜美。明代《群芳谱》中又载："大朵重台者，梅酱糖蜜制之可作羹果。"大朵栀子花可用梅子酱或者蜂蜜浸渍，做成栀子羹或者蜜饯栀子。清代《养小录》中则是将栀子花做成饼后加盐煎食："用矾焯过,用白糖和蜜入面,加椒盐少许,做饼煎食。"

在湘阴小城,我们有时也吃栀子花,吃的是凉拌栀子。便是把栀子花焯过水后淋上盐醋,撒上姜蒜,或者适当放一点儿剁辣椒。我是不放辣椒的,就静静吃它原本的甘芬味道,只觉唇齿间芬芳馥郁,心中有清凉之感。

我们小城那里还吃栀子花炒蛋,便跟吃茉莉花炒蛋、香椿炒蛋一样。家人之中,满姨是最喜欢做这些花馔的。

核桃：胡桃夹子

在学校开了一门关于中医药与文学的公共选修课，学生们反响很好，于是又开了一门关于古典诗词鉴赏的课。在结课时，有学生在作业里写道：

"还记得第一次上课时，还未抬头看老师的面容，先听到了老师的声音，觉得这个声音是那么的熟悉，抬头一看，是上学期讲授《中医药与文学》的老师，颇有一种《甄嬛传》中皇上得知甄嬛是除夕夜倚梅园中之人时，发出的感叹：'原来是你，竟然是你！'像是一种重逢的感觉。"

我忍不住笑了。而人生之中，有多少"原来是你，竟然是你"的重逢呀。我希望这样的重逢，来得更多一点。比如，我与核桃的重逢。

学校药植园有几棵长得胖胖的树，树冠比较宽，可是貌不惊人的样子。宽大的绿叶下挂着一串串圆圆的青色果子。看标志牌说是胡桃科的核桃树，惊讶起来，原来，这就是核桃树吗？一抬头，看到树上的青果。这就是核桃果原来的样子吗？真是想不到呀，就像想不到栗子树上的栗子果，最开始是"小刺猬"来着。

药学院的王老师恰巧过来了，便问起他来。他说核桃树又叫作胡桃树，等核桃果成熟了，青皮裂开，就是我们所熟悉的核桃了。将核桃敲开，便得核桃仁，核桃仁有顺气补血、润肺补肾等功效。如果咳嗽，吃点儿核桃，也能得到缓解。

核桃太坚硬了。小时候在家乡小城，如果买到核桃，要取出核桃仁的话，要不就是在巷子里找一块砖头砸核桃，要不就用木门关来关去地夹核桃。核桃壳"啪嗒"一声碎裂之后，便有清凉微甜的气息淡淡浮出。整个世界便忽然安静下来。坚果的气息真是好闻极了，有那么一种神秘安静的感觉，和水果湿漉漉的单纯甜香很不一样。

从那时起，便极爱包括核桃在内的一切坚果，爱上那种清凉微甜的气息，似弥满淡淡欢喜，又有着微微惆怅的气息。后来长大了才知晓，那真是很像回忆青春与童年时温馨而忧伤的感觉。中年后一身沧桑的人，通常会喜欢沉浸在回忆里，回忆那个有神性和灵性的过往岁月。幸好有回忆，有盛大而丰盈的回忆，支撑着人们在这漫漫人生路上继续前行。

少年时所看的美好童话，也是这回忆的一部分。印象极深的，便是霍夫曼的童话《胡桃夹子》。

从父母离异到高考结束，大约有四五年的时间，我本是明亮芬芳的年少时光坠入了一片黑暗，乌沉沉的，黑暗中仿佛有一张无形的大网，人只觉窒息，但挣扎不出。

那时候我便很少笑了。有时候对着镜子梳头的时候，看到自己一脸的忧伤，也会吓一跳，然后默默地对自己说，我应该开心一点，我才十四岁，为什么要活得像个饱经沧桑的大人呢？童稚的目光后，为什么要住一个痛苦的灵魂呢？

最终，拯救我心的，是小花园、书店和图书馆，还有小书房里一年四季于各处寻得的树叶书签，以及夹着这些书签的书籍所散发出来的香气。在我长大以后，很长一段时间，我的微信签名都是"植物与书香"。是植物与书香一直滋养着我幼时的灵魂。

那时家里的书看完了，就会去新华书店和图书馆看。图书馆很老了，里面的书也很老，还有 20 世纪六七十年代的书，书页都薄脆发黄了，里面的文字内容也很有年代感，看着便如穿越时空一般。新华书店的书还比较新。在新华书店看了很多的童话。沉浸在童话之中，身边仿佛绽开大朵大朵彩虹般的花儿。就是在新华书店，看到了霍夫曼的《胡桃夹子》。

《胡桃夹子》是一本非常美妙的书。后来读研时才了解到霍夫曼是19世纪德国浪漫主义艺术童话的重要代表人物。而这篇童话完全是写给孩子们看的，想象奇特，光怪陆离，而字里行间弥满爱与温柔。

小女孩玛丽有一个胡桃夹子，这夹子被做成一个英俊士兵的模样，他可以咬开核桃。深夜里，老鼠国王率领着一群老鼠向玛丽发起进攻，而咬核桃小人儿则率领娃娃士兵保护了玛丽。玛丽疑惑之下，教父多斯梅尔先生给玛丽讲了一个童话故事，令玛丽相信胡桃夹子就是故事中的王子。

"教父朵谢梅曾经对我说起一个漂亮的花园，里面有一个大湖，一群绑着金颈带的天鹅，在湖上游来游去，唱着非常好听的歌。一个小姑娘走到湖边，引那些天鹅到湖边来，把杏仁糖喂它们吃。"这是女孩子所喜欢的一切，但是无人能懂。于是，懂得女孩子心思的作家温柔地为她们构造了一个如此美妙的梦境。

她心疼那个咬核桃小人儿，小人儿成为大英雄打败了老鼠国王，这很符合女孩子的英雄主义情结。王子还邀请她去一个奇妙的地方。这个奇妙的地方居然是他自己的糖果王国。他们两人一起去了很多美丽的地方：玫瑰湖、牛奶河、巧克力城堡、杏仁糖宫殿、柠檬水的喷水池……在那个王国里，花朵也是可以吃的。

那时，我被这个童话迷得神魂颠倒。真是令人迷醉的美妙想象，如同天堂。我想任何女孩子都抗拒不了这种甜蜜而又瑰美的童话。那胡桃夹子王子给了小女孩这样一个梦境般的王国，她也是真是童话中最幸福的人呢。

原本就喜欢吃核桃，看了《胡桃夹子》之后，我对核桃更爱得不能自拔。这本童话，真是把我的心又治愈了。每个人的年少岁月，都有过痛苦和徘徊的时分吧，无人能解的孤独像坚硬的核桃壳一般将柔软的心裹住，仿佛看不到方向，找不到出路，这时，就只能默默沉淀下来，静静积攒能量，等待一个合适的契机来充分绽放，犹如核桃的壳终于被敲开，坚果清凉微甜的香气缓缓浮出，飞走整个天地之间。

我于是收摄心神，继续静静努力。

高考过后，我终于走出了窒息与黑暗，走向了更广阔的天地。大学时代张开双臂，以不可思议的美好接纳了我。故乡温柔地等我长大以后，青春的我，终于被这个世界温柔爱过。

而如今，终于在药植园里和核桃不期而遇，却是相见不相识。它也是吧，丰硕的叶子在风中轻摆着，笑问客从何处来。

小园香径

XIAO YUAN XIANG JING

XIAO ZHEN GU NIANG DE CAO MU SHI GUANG

小镇姑娘的草木时光